ちくま文庫

ベオグラード日誌 増補版

山崎佳代子

JN259659

筑摩書房

目次

本書収録の詩作品はいずれもセルビア現代詩人の作品。山崎佳代子が日本語に翻訳した。

ステバン・ライチコビッチ＝一九二八年ネレスニツァ生れ、二〇〇七年ベオグラードに死す。音楽性豊かな抒情詩《じょじょうし》は国民に広く愛されている。詩集『静けさの歌』『ティサ』など。

デサンカ・マクシモビッチ＝一八九八年ラブロビツァ生れ、一九九三年ベオグラードに死す。簡潔で繊細な表現に特徴がある、セルビアの国民的女流詩人。詩集『赦《ゆる》したまえ』のほか童話多数。

ミロシュ・ツルニャンスキー＝一八九三年チョングラド生れ、一九七七年ベオグラードに死す。第二次世界大戦後、英国亡命生活を経て帰国。セルビア二〇世紀文学の頂点をなす詩人、小説家。詩集『イタカの抒情』、小説『チャルノイェビッチの日記』など。

モムチロ・ナスタシエビッチ＝一八九四年ゴルニ・ミラノバッツ生れ、一九三八年ベオグラードに死す。大戦間セルビア文学を代表する幻想詩人。詩集『抒情の五輪』、散文『従妹マリアの贈物の記録』など。

トミスラブ・マリンコビッチ＝一九四九年リポリスト生れ。薔薇《ばら》の栽培で名高い村に棲み、抒情詩を書く。ミロスラブ・アンティッチ賞など受賞多数。詩集『継続の学校』『素肌の世界』など。

ボイスラブ・カラノビッチ＝一九六一年スボティツァ生れ。形而上的《けいじじょう》な世界は高く評価され、ポパ賞など受賞多数。ベオグラード・ラジオ文化番組編集者。詩集『大地の息子』『躍る光』『内なる人』など。

ベオグラード日誌

はじめに

静けさを両手に受けとめることが、今までにないほど、大切なときが、やってきた。黒い岩肌を伝う水の音、山鳥の囀《さえず》り、森を吹きわたる風、栗鼠《りす》の呼吸、月の運行、胡桃《くるみ》のように大粒な星の光、そして海、子供、男と女……。その言葉ひとつひとつに胸をひらくことが大切なときが、還ってきた。ますます精巧な武器や機械に人間が囲まれてしまった今、という時代だからこそ。

私という身体、魂をともなって、日本語がバルカン半島の旅をはじめ、ベオグラードに棲《す》みついて三十五年が過ぎようとしている。十二年の歳月を綴った日誌をお届けする。それは、小さなできごとの記録。

「旅はお好きですか」と聞かれた詩人シンボルスカさんは、タバコをくゆらせ、にっこり微笑み、「私、還ってくるのが好きなの」とおっしゃった。この日誌が、どこかへ還るための小さな地図となって、あなたを旅に誘ってくれればと祈っている。シンボルスカさんが大好きだったエラ・フィッツジェラルドが歌う「私の船」が流れる私の部屋から……。

またひとつ舟が出ていく——二〇〇一年

六月二十三日（土）

夜、団地の喫茶店で精神科医ボヤナとコーヒーを飲む。愛くるしい瞳の彼女は、洗いたての髪で現れた。黒い縮れ毛が匂うよう。昨年の「十月革命」の後、新政権に交替したあと、大きな病院の院長が次々と辞職させられたのに、まだ新しい人事がまとまらず、彼女の勤めるラザ・ラザレビッチ精神病院も混乱している様子。緊急治療の病棟の責任者となって、四十人余りの患者をみているとのこと。

「そうだ、ビリヤナさんは、どうしてる？」とたずねると、彼女は顔を曇らせた。

「幸いなことに、私の担当じゃないの。私にはね、彼女を担当する勇気は、きっとないわ。ねえ、医学に何ができる？　一家全員被爆して、彼女も大変なケロイドを負って、目が覚めたら、子供も夫も死んでいたなんて。これ以上、残酷な話がある？　医学に何ができる？　私ね、思ったの。私も犠牲者なのだって……。私たちみんな、犠牲者なのだって……」ボヤナの目が、ふっと翳《かげ》った。

ビリヤナさんは、私の住む集合住宅の四階に住んでいた。腰までとどく栗色の髪、背がすらりと高くて、やはり長身のご主人と、素敵な二人だった。エレベーターのドアが開き、小学生のステファン君と幼稚園に通うダヤナちゃんが飛び出してきて、後からお父さんが三輪車をもって出てくる……その光景をはっきりと思い出すことができる。

一九九九年、空襲警報下のベオグラード。空爆は、たいてい深夜に行われた。団地からは、直線距離で軍の空港が近い。麦畑が広がり遮《さえぎ》るものはない。何度も何度も、トマホークが落とされ、そのたびに恐ろしい炸裂音が鳴り響き、壁が揺れ、眠りが乱暴に中断された。深い呼吸のできない日々が続いた。

あれは五月二十七日のこと。朝の空は、限りがないほどに高く澄みわたり、緑が輝いていた。建物の前に出ると、隣の若夫婦が歩きはじめたばかりのボシコ君と散歩から帰ってくるところで、水のこと、空気のこと、そしていつ空爆が終わるのか、長い立ち話がはじまった。先日、被爆を恐れた化学工場が危険な物質をサバ川に流したらしいが、水を飲んでも大丈夫か。パンチェボ化学コンビナートの被爆で、空気がすっかり汚れたが農作物に影響が出るだろう。「ねえ、なぜ日本に行かないの？　僕だったら、きっとそうする。こどものことを考えたらね」とご主人。私は、それに答えられないでいる。奥さんは、「ボシコがね、夕方のカヨさんの歌を楽しみにしているんですよ」と言った。五月に入って、各地で送電施設が破壊され、長い停電が続いていた。夕食も、キャンプ用のコンロで支度しなければならない日が多い。蠟燭《ろうそく》の光の中で、料理の支度をしながら、歌をうたうのが日課になった。なにか、あの爆音に負けないように、人の声を発すると、勇気とか喜びとかが、身体の底からわいてくる。なぜ人間に歌が与えられたか、わかる。出発の歌、竹田の子守歌、思いつくままにうたった。お隣さんの子供部屋は、私たちの台所の壁のむこうだから、ボシコの窓から聞こえるのだろう。「え、聞こえてたの？」恥ずかしいけど、嬉しかった。

そこを目を泣きはらして、女の人が通りかかった。「私たちのこどもが死んだわ、深夜の空爆で死んだわ」と大きな声で叫ぶように言った。顔見知りの人で、十二階に住んでいる。「ダヤナとステファン、知っているでしょう。死んだのよ」「えっ？　だってここにいて、どうして？」「今月の初めから、ご主人の実家のラーリャ村に疎開していたのよ。停電と断水が続くから、小さいこどもには団地生活は辛いだろうって、おじいさんのところへ行ってたの」「じゃあ、今朝のラジオのニュースは、この建物のこどもたちのこと?」「四階のパブロビッチさん、知らないかな、背の高い若いご夫婦のこと」それから、私たちは言葉を失ってしまった。買い物に出ようとした私も、隣の家族も、なにも言わずに、うつむくようにすると、家に戻った。

数時間にわたる停電はつらい。闇の中を、手摺《てす》りをたよりに、十一階まで階段を上っていく。それが、出口の見えない世界に思われる。夜、電気がやってきて、テレビのニュースを見ると、隣の家にいて生き残ったおじいさんが、瓦礫《がれき》の中から三輪車を見つけだして泣き崩れていた。

こどもたちは即死。トマホークでやられると、遺体はまったく黒焦げで形も残らないと聞く。病院に運ばれたご主人は、七日後に亡くなった。重傷をおったビリヤナさんだけが、生き残ったのだった。

去年の八月、三階のおじさんが「ビリヤナさん、見かけたかい」と言うので、「えっ、もうこちらに戻ってたの? お兄さんの家にいるって聞いたけど」と答えると、「もう何カ月も前に戻っているよ。だけどね、どうも変なんだ」と言う。一週間もドアを閉ざして誰にも会おうとせず、お兄さんからの電話にも出ない。洗濯物もバルコニーに干したままで、心配だ。警察と弁護士の立ち会いのもとで、今日はドアをこじ開けることになるだろうと言う。それから、数日後、またおじさんを見かける。あの日、ビリヤナさんは、結局みんなに説得されてドアを開けた。十日ほど、水のほかは何も口にしておらず、すっかり憔悴《しょうすい》していた。「ラザ・ラザレビッチ精神病院に入院することになったんだよ」とおじさんは言った。ボヤナの勧める病院だ。ビリヤナさんのこと、お願いしておいた。あれから、もう一年が過ぎていた。

お隣のボシコは、すっかり大きくなった。大人みたいな口もきけるし、元気に三輪車で走り回っている。昨日、エレベーターの前で、ボシコのママが「ねえ、いつまた歌をうたってくださるの？　このごろ、あまり歌が聞こえないわ」と言っていた。

八月二十七日（月）

セルビア文学翻訳者協会の雑誌「橋」のアンケートの締め切りが明後日に迫る。私たちはなぜ翻訳をするのか、それに答えて文章を書いた。日本語で書いてセルビア語に訳す。

「異国、だが同時に第二の母国に生きている私にとって、翻訳は、生きる意味そのものになった。朝から晩まで、二つの言葉の迷路を私はさまよっている。迷路は夢にも現れる。目覚めると、どちらの言葉で夢見たのか考える、いつからか、それが癖になった。

母語を使う間、人はひとつの世界に住んでいる。ほかの言葉に訳しはじめるときに、人はこの世界からあの世界へ渡っていく。ここに終わりはない。私たちの目の前に、新しい水平線が広がる、その喜びにも限りがない。空と地を隔て、水と風を繋《つな》ぎつづける水平線。太陽の光があるかぎり、この世で男と女が出会いつづけるかぎり、愛が新しい命を産みつづけるかぎり、喜びをもって翻訳をする者が必ずやってくるだろう。この言葉からあの言葉へ、こどもの言葉から大人の言葉へ、男の言葉から女の言葉へ、そしてその逆さま。見知らぬ友へ贈り物を準備している、翻訳をするときは、いつもそんな気持ちになる。」

夏が駆け足ですぎていく。バルコニーの燕《つばめ》の巣が、しんと静まりかえっている。「燕はとっくに帰ったよ。気が付かなかったの?」次男が言った。夏の終わりは、理由もなく私を悲しませる。自転車でサバ川の岸辺に出る。プラタナスが金色の木の葉をかさかさ落としはじめていた。私は夏の終わりが嫌いだ。

九月十一日(火)

さわやかな秋の日。日本文学口頭試験。

ニューヨークで世界貿易センターのビルがテロにより爆破。作曲家ミロシュ・ライチコビッチ一家は無事かしら。ミワコ夫人と、ちびのアダム君とアナちゃん。テレビの画面に、飛行機が激突する模様が映し出される。

　私の瞳の中で、一九九九年、NATO空爆で炎上したベオグラードの旧共産党本部の建物が、その映像に重なる。規模こそ違うが、機能を追求した単純なデザインが、ひどく似ている。どちらも二〇世紀の時代精神が、産みおとした建物に違いはない。なんと不幸な時代。ビルから吹き出す黒煙はきっと毒ガスだろう。九九年春、郊外のパンチェボ工業団地が爆破され大量のアンモニアが空に流出、外を歩くと胸が痛くなった。恐怖が私の身体に蘇る。

　世界の政治家たちが、次々に声明を出す。ブッシュ、ホルブルック、ブレア……。NATOのユーゴスラビア空爆決定に関わった人々。民主主義？　自由？　焦げ茶色の時代の到来。アウシュビッツ、ヒロシマ、ヤセノバッツ、南京、ベトナム、沖縄、湾岸……。数え切れない地名。踏みにじられる命。

九月十四日（金）
　誕生日を記念してドナウの川辺に向かう。澄みわたった空を、野鴨がよぎっていく。国に帰っていくのだ。川岸でコスモスを見つけた。一年草なのに無数の種を落とし、必ず次の年も花が野原いちめんに咲くから、多年草みたいな花。懐かしい気持ちになって、種を採る。H氏、旅行から帰る。夕方は写真家のジタレビッチ氏が薔薇《ばら》を届けてくれ、キャフェのテラスでワインを空ける。詩集『薔薇、見知らぬ国』をやっと渡す。表紙のオブジェは彼の撮影によるもの。猛暑のあとにやってきた寒い雨に体調を崩したのか、悪寒がする。外気が私だけに冷たい。ベッドに横たわると、種を岸辺に置き忘れたことに気がついた。

九月十七日（月）
黒テントがやってきた。佐藤信《まこと》氏と仲間たち。通訳のお手伝いをする。BITEF（ベオグラード国際前衛演劇祭）に十五年ぶりの参加。懐かしい学校の仲間と会えた、そんな気持ち。

九月十九日（水）
『ボイツェク』初演。なんと、あたたかな光と音にみちた舞台。

九月二十日（木）

『ボイツェク』再演。マリアが殺され池が血に染まる。と闇の中で、ＫＡＹＯ、と囁《ささや》く声がした。芝居の途中で、何かしらと思いながら客席を立つと、なんと大尉役の村松かつみさんが、倒れてしまったとのこと。螺旋《らせん》階段をのぼり、楽屋に急ぐ。どうしてもカーテンコールに立つと言う村松さんに、椅子に座ってもらい、身体が楽になるからと、軍靴《ぐんか》を脱がしてしまう。一刻を争うかもしれない。診察にあたった女医さんが、心電図を取るようにと指示、私たちは救急車に乗り込み、総合病院へ向かう。受付で手続きを終え、若手演出家ジョルジェ・マリヤノビッチが彼を車椅子に乗せ、大きなエレベーターで地下室に降り、検査室を探した。

村松さんの超音波の検査が済むのを廊下で待っていると、腕に入れ墨のある酔っ払いが、ジョルジェに絡んできた。顔がえぐられたような男、足に深い傷を負った女。廊下は酒の臭いがした。酔っ払いの急患のせいだ。警官が二人、診療室から出てきた浅黒い男を尋問する。「ケガの手当は済んだね。誰にやられたんだ。本当のことを言うんだ。凶器はナイフだな。金を出すように脅かされたんだろ。もう、取り調べはついているんだ……」ボイツェクがマリアを刺したのもナイフ。隣の椅子の虚ろな目をしたおばあさんに、その息子らしい男が連れ添っている。顔半分が紫色の痣《あざ》に覆われている。救急病院には、本物のボイツェクたちが徘徊していた。昼間の私たちには見えない貧困や苛立《いらだ》ちが、傷のように疼《うず》いている。村松さんは、きっと過労のせいだろう。問題がなければいいけれど。

ジョルジェの携帯電話に連絡が入る。黒テントのインタビューの通訳のため、至急テレビ局に直行せよとのこと。代わりに英語のできる団員が病院へ向かっている。女優の横田桂子さん。ジョルジェにあとを頼み、雨の中を車で走った。

青黒い闇の中に、巨大な瓦礫が浮かび上がる。テレビ局だ。九九年のNATOの空爆で破壊され、逃げ遅れた十六人の若いスタッフが死んだ。あの日のままの建物の残骸。一瞬、亡霊の気配を感じる。何かから逃れるように、長い階段を駆け上った。

生番組、ぎりぎりで間に合う。インタビューは、隣の子供劇場に作られた仮設スタジオで行われた。中庭から猫が自由に出入りしていて、ゲストのソファにひょいと飛び乗り、番組に勝手に出演してしまう。最後に、ボイツェク役の俳優の重盛さんが、俳優にとって言葉とは何かという質問に、「言葉？　言葉、言葉……ですか。言葉……。言葉、というより、言葉、話さなければならない……その理由の方が僕にとっては大切だと……」と答えて、印象に残った。

長かった一日。家にもどり、食堂で遅すぎる夕食をとっていると、長男が帰ってきて、芝居はとてもよかったと言っていた。

十月七日（日）

初夏のような日が続く。それでも陽光は、やわらかくなった。夏の帽子を片付ける。詩人スルバ・ミトロビッチ氏退院。チーズケーキを焼く。彼を見た夢の詩「瑠璃《るり》の池」を手書きにし、スルバへと記した封筒に入れて、ケーキと花束を携え、ミトロビッチ家を訪ねた。昨晩の電話では、まるで遠い旅の準備を終えた人のような声で、私を驚かせたが、元気そうに見える。

天井まで本棚に囲まれた部屋で、セーカ夫人がビールをコップに注ぐ。テレビが、アメリカのアフガニスタン攻撃を告げていた。とうとう来た。九九年三月上旬、まさか空爆なんてと、一カ月くらい、私たちは空を見上げては、じりじりした気持ちで毎日を過ごしていた。世界には愚かな人たちばかりではあるまい、と信じて。それから停止不可能な巨大な機械のように、空爆ははじまった。また人殺しを正当化するために、大量の嘘が生み出されるだろう。トマホークが投げ込まれ、よその国の人は、命の在りかがわからず、ゲームの画面だと勘違いするだろう。「私たちの時も、そうだったわね」とセーカが言った。

画面から目を離すと、スルバのベッドの隣に大きな酸素ボンベが置かれている。「こんなところに爆弾を隠したりして、あなたもテロリストね」と言うと、「君は若いし、きれいだし、気楽なもんさ」と、いつものように笑って、吸入器の緑色の管をほぐして口に当て、呼吸をはじめた。緑の口髭に見える。まるで、緑のサルバドル・ダリだと言うと、無言のまま微笑んだ。二人の長男ボーラがやっと結婚することになった。披露宴は、ドナウ川の岸辺のレストランとのこと。招かれる。

十二月一日（土）

東京からK記者とKカメラマンを迎え、カレニッチ難民センターを訪ねた。底冷えがするが、雪はまだ来ない。

センターの入り口あたりで、二人の女の人が立ち話をしていた。インタビューを頼むと、すぐ応じてくれ、つましいが清潔でぬくもりのある部屋で、コーヒーをいただく。近所のこどもやお母さんたちもやって来た。

女主人はヤゴダ（苺《いちご》という意味）さんという。一家が難民となったのは、NATO空爆が終わった九九年の六月十六日あたり。六月下旬からコソボはNATOを中心とする国連機関の管轄下に置かれ、民族地図は乱暴に書き換えられる。多くのセルビア人やロマ人の家族が職を失い、身の危険を感じて、住み慣れた村や町を後にし、セルビア地方に逃れて来た。

最後に、隣のリャリャさん一家の話を聞いていたら、戸口で男の子の声がする。「おじちゃん、自転車にのっけて」「今日は、お客さんがいるからだめだ。明日ね」と、ご主人が答えている。奥さんが囁く。「お隣の子、うちの主人の自転車に乗せてもらうのが楽しみなの。あの子、重い病気なの、目に悪性腫瘍《しゆよう》があるんです、生まれたときから……」

家に着いたのは深夜だった。H氏が言った。「黒テントの宗重さんから電話で、今朝、俳優の村松さんが、癌《がん》で亡くなられたよ」

十二月十五日（土）

気温マイナス十二度、雪の曇り日。難民センターのこどもたちを民俗博物館に招き、聖ニコラ祭を祝う。聖ニコラは、航海の守護神でもある。地方から約百二十人のこどもが集まり、家や太陽や動物などを切り抜いて、旅のワークショップをした。

終わりが近づくと、黒い髪の小さな女の子が、「ねえ、なんていう名前？」と私に言った。「私、カヨ。あなたは？」と言うと「わたし、イバナ。ねえ、今日、たのしかった？」と聞く。たのしかったわ、と言うと、今度は「ブラシもってる？」と言った。あいにく、ブラシが見当たらない。手で髪を梳《す》いてあげて、「あなた、とってもきれいだわね」と言うと、はにかみがちに微笑んだ。そして、握手をしてお別れの時間になった。どこから来たのと訊いたとき、少し戸惑うようにして、ブルニャチカ・バーニャと答えた。難民センターのある町の名前だ。故郷はコソボの村なのだが、迷った末に、あえて故郷の名前を言わなかったのだと分かり、胸が痛む。

激しくなる雪の中を、こどもたちはバスに乗って、それぞれの村や町へ帰っていった。また会おう。手を振る。床いちめんに散らばった紙の切りくずを仲間と集めたら、博物館のホールはがらんとなった。キャフェでヤスミナとペパーミント・ティーを飲む。暮れなずんでいくこの街は、蒼白く凍りついていた。

十二月二十六日（水）

久しぶりに川岸へ向かう。いちめんに雪が光っていた。背の高いお父さんと、赤いジャンパーの女の子が橇《そり》遊びをしている。

岸辺には見慣れないクレーンを搭載した船が着けられ、モーターが低い唸り声をたてていた。廃船の解体がはじまった、とわかった。荒々しい男の声が聞こえる。昔の航海について、仲間に何か自慢話をしている。

十五年ほども前のこと、この黒船は、建設労働者たちの独身寮として使われていたが、ある日、火事を出し、それから沈みかけたままで放置されていた。魚や水鳥が棲《す》みはじめ、半分浸水した船室の窓から青空が水面に乱反射していた。葦《あし》がおい茂り、いつかしら、あたりの情景にすっかり溶け込んで、それが永久に続くように思われたのだけど。

舳先《へさき》は機械で切り取られ、もうひとつの船に積み込まれていた。解体の終わった部分が、白鯨の死骸に見える。岸辺で老人が、解体作業をじっと見守っている。深く、白い息を吐くと、静かにそこを去っていった。私も、立ちどまる。廃船を見つめた。きっと、どこか同じ気持ちで。今年は、サバ川の水が凍った。『雪の女王』を想いおこしていた。鮮やかな色の氷板を並べて無言で遊ぶカイと、ゲルダの熱い涙のことを。

貝のための子守唄——二〇〇二年

一月二十六日（土）

　静かに身体をゆさぶられたように、眼をさます。光が床に脱ぎそろえた黒い革のサンダルに届いていた。旅へ誘うように。窓辺のクロトンは月光を浴び、楽しげに枝をひろげ、影をのばしている。窓から見上げると、瑞々《みずみず》しい果実のような月が、かかっていた。いまにも弾け、甘い果汁が零《こぼ》れだしそう。二時十四分。ふたたび、ベッドにもぐりこみ朝までゆっくり眠る。遠くに、春がきこえ……。

　詩人ズドラブコ・クルスターノビッチから電話があり、新聞のインタビューに答えて欲しいとのこと。答えを書いて送る。

・いかに詩集 *Skriveno jutro*（『秘やかな朝』）が生まれたか——私の愛するものたちへの返歌、そしてまだ見ぬ友への贈り物として生まれた。不思議に懐かしい迷路を和紙に描きあげるラーデ・クンダチナの展覧会を記念して、スメデレフスカ・パランカ文化センターで、詩集は出版された。編集は、ゾラン・バツィッチ氏。
・詩とは何か――一番深い闇の中から発する幽《かす》かな光、それが詩。
・セルビアと日本の詩の違いはどこか？――日本の詩歌には、具体的な情景に託して、内的世界をうたう伝統がある。ヨーロッパの詩にくらべ、抽象概念そのものが詩に現れることは少ない。私自身は、季節を示すような情景を織り込むことを心がけている。
セルビア文学では、アンドリッチやラストコ・ペトロビッチをはじめ、国の悲劇的な運命の中に個人の声を織り込む文学の伝統があり、それが私に強い霊感を与えている。日本の詩人の多くは、歴史に対してこうした関係を築いてはいない。異なる伝統をもった文学との出会いは、私たちを刺激し、世界を視る新しい眼を与えてくれる。
・どのようにあなたは詩を書くのか――セルビア語と日本語、ふたつの言葉の世界にぴんと綱を張り、そこをわたる緊張から私の詩は生まれる。セルビア語から日本語へ、あるいはその逆。危険は避けられない。が、絶えず新しい均衡をもとめている。私の詩は、ふたつの言葉のいずれにも棲家《すみか》をもつ。それは二重の無名性でもあり、私に隠れ家を与え、そこで私は静けさの泉を手にする。静けさの中から、ふたたび贈り物を、そして返歌を、産みはじめる。

二月八日（金）

夕方、キノテイカにて、イラン映画『黒板』を観た。黒板をかかえて、教師たちは、村から村をわたり歩く。「文字と算数、教えるよ。安いよ、安いよ。文字と算数、文字と算数……」だが村人たちは、黒板を見ると、こどもを抱きよせ、窓を閉ざす。

一人の教師は、どこからか逃れてくる人たちの列に出くわす。文字を習おうとする者などなく、ある男のすすめで黒板を持参金に、妻を娶《めと》る。女には睾丸《こうがん》をわずらった父親とおしっこの近い息子がいる。黒板は、長い徒歩の旅で歩けなくなった彼女の父親を乗せる担架となったりもする。だが女は男に心を閉ざしたままだ。「私の心は駅のようなもの。ここをたくさんの人が通り過ぎていく。いつも駅に残るのは、ただひとり。それは私の息子よ」と、女は息子を抱きしめ、男に言った。そのとき、空から爆弾が投下され、人々は避難をはじめる。黒板を屋根のように頭にのせ、にわか仕立ての家族も、地面を這っていく。化学兵器かしら。違うよ。化学兵器かしら。違うさ。黒板の下で怯《おび》える女を、男はなだめる。やがて、長い旅のすえに、村が霧の中に浮かび上がった。女の村だ。男と女は別れることにする。人々の列は、村へ帰っていき、男は一人残される。

もう一人の教師は、国境を越え、雑貨の密輸を手伝う少年たちの群れにまぎれこんだ。「文字と算数、文字と算数……」たえず危険に晒《さら》されているこどもたちは、文字も算数も習おうとはしない。少年が一人、名前が書けるようになれるかなあと、教師に尋ねた。なれるともさ。教師は、こどもに名前の綴りを教える。歩きながら、教師と少年は、名前の綴りを童歌のように繰り返して唱える。こうして、こどもたちは重い荷物を背負い、教師は黒板を背負って旅を続けた。

国境が近づく。羊の群れが国境を越えようとしていた。少女に絞りたての羊の乳をふるまわれ、空腹を満たす教師と少年たち。少年たちは四つん這いになり羊にまぎれて国境を越えなければならない。

だが国境警備兵に見つかり、羊の群れに銃弾が撃ち込まれ、こどもたちは死んだ。黒板も銃弾で穴があいた。やっと自分の名前が書けるようになった、あの笑顔の爽やかな少年も、銃に撃たれて倒れた。

文字とは、文明とは、何だったのだろう。禁欲的なまでに言葉を削ぎ落とした映画の中で、唯一の外来語は「化学兵器」だ。文字や文明は、新しい言葉をおぼえ世界をひろげる喜びを私たちに与えることも、化学兵器という異物によって死をもたらすこともできる。

監督はサミラ・マフマルバフ、若い女性という。力強い夢を見たような気持ち。

三月七日（木）

ベオグラードから車で南へおよそ三時間半、クラリェボ市に向かう。コソボからの難民が多い町。東京からやって来たちえこさんたちと、小学校の体育館で「遊びが命になるとき」と名づけたワークショップをする。剣玉《けんだま》、おはじき、おてだま、紙風船などに、こどもたちの顔が輝く。かごめかごめなど、日本の旧《ふる》い遊びをとどけ、セルビアの遊びをこどもたちから教わる。

帰りは、ビタノバッツ村難民センターを訪問。文化会館だったという古い石の建物を薄い板で仕切ったため、窓のない部屋に住む家族もある。水道が無く、数百メートル離れた小学校に、みんなバケツで水を汲みに行く。人々が語る戦争の悲惨に、私たちは言葉を失った。

最後に赤ちゃんのいる家族を訪ねた。部屋の片隅に揺り籠がある。逃げる日に、何も持ち出せなかったけど、先祖代々、家族に伝わる揺り籠だけは持ってきた、私も赤ちゃんのとき、ここで眠ったのよ、と娘をあやしながら若いお母さんは言った。ちえこさんの腕に抱かれた赤ちゃんは、ぎゅうぎゅう彼女の髪をひっぱり、明るい声をたてた。

人々に見送られ、外に出ると、空いちめん星が輝き、一度にひらきはじめた梅と山林檎《やまりんご》の花が香った。帰りの車では、誰もが黙りがちだった。

三月二十三日（土）

ふたたび寒い朝。窓が閉ざされた美容院の前で、一羽の鳩が横たわっている。翼を静かに閉じて、傷はどこにも無い。もう一羽が心配そうに、嘴《くちばし》で首や顔をそっとつついて、顔を覗《のぞ》き込む。何度かそれを繰り返していた。しかし、眼は閉じられたままだった。凍えたのだろうか。最後のお別れをするように、もう一度、顔のあたりを優しくつつくと、そこを去った。石畳には、眠る鳩だけが残された。

五月二十四日（金）

朗読会はフランス語へのセルビアのこどもの詩の翻訳ではじまる。意味がわからなくても、翻訳家の表情の豊かさと言葉の音楽が楽しい。私はライチコビッチさんの作品を日本語で、白石かずこさんの「羊たちの午后《ごご》」をセルビア語で読んだ。

ひさしぶりの朗読である。聞き手たちを前に、息をととのえ、体の底から声を発すると、時空をこえ、言葉によって私たちはゆるやかに結び合わされているのがわかる。詩の言葉に命を吹き込むのは、聞き手たちなのだ。言葉を相手の胸にとどけることが、どんなに大切かわかる。

席にもどると、ミランコブが、あなたが読んだ日本の詩人は素晴らしいわと言った。黒髪のイバナ・ミランコブは、官能的で悲劇的な詩を書く。この夜は、黒のワンピース、素足に鞣革《なめしがわ》のピンクのハイヒールをはいていた。ちょっと煙草を吸うからと席を立ち、そのまま姿を消した。

なごやかに会は終わり、懐かしい仲間たちと挨拶《あいさつ》をかわす。いつか、白石かずこさんが、詩とは魂の仕事だ、と言った。どこかに、その言葉をききとり、私もそっと姿を消した。

夜気は雨上がりの緑に薫り、夏の匂いがした。

貝のための子守唄――ステバン・ライチコビッチ

ねむれ
砂のゆりかごに　ねむれ

水の　おそろしい世の　そこで　ねむれ
螺旋《らせん》にこけむした　水草のあいだに　ねむれ
ぼくがなげた　石英をまくらに　ねむれ
石と音の　白い夢みて　ねむれ
たいようの　きいろの　歌なしに　ねむれ
静けさひとつぶが　しずんだ　ねむれ
夜だ　ねむれ
ねむれ　子守唄をねむらせ
昼だ
ねむれ
ぼくだよ
ねむ
れ

六月九日（日）
夕方、届けられた日本の新聞をひらき言葉を失う。五月二十九日、矢川澄子さん死去。詩集『産砂《うぶすな》ＲＯＤＩＮＡ』をお送りしたとき、いただいたお手紙と、昨年の秋に届いた絵葉書を、私は宝石のように大切にしていた。一枚の便箋に、段落になるはずのところが三文字くらい空けられて行が続き、文字が花畑のように並び、一九九九年師走と記されている。絵葉書は、どこか大変な寂しさに満ちて、夏に体をこわしていたと綴られていたが、私のことを「いちばん、遠方にいる友達」と呼んでくださった。絵葉書にはコラージュの作品が印刷され、長椅子には、金髪の少女の人形の頭と手と足がついていて、青い花が漂っている。

とうとうお会いできなかった。透きとおった薄緑の羽が背中からはえ、夏の夜空をわたって、矢川澄子さんが、私の窓を訪ねてくる、そんな気がしてならない。

六月十六日（日）

自転車で川岸を走ると、右手につづく畑に黄色い花が光っている。帰り道では、野原に茶色のウサギが現れた。自転車をとめて、じっとウサギを見ていたら、ウサギも少し首を傾げるようにして、私を見つめた。それから、くるりと尻尾を見せ、草むらに消えた。

七月十一日（木）

ブキッァ・ブヨシェビッチ記者から電話があり、新聞社のキャフェにてインタビューに応ずる。「携帯電話、コンピュータ、コマーシャルなど、私たちの身の回りには、言葉が溢《あふ》れ、めまぐるしい勢いで交換されている。けれども、言葉は疲れている。言葉が真実や深い感情から遠ざかっていく……」

詩集『秘やかな朝』のテーマはと聞かれ、静けさと答えると、「アンドリッチなどセルビアの作家たちも、沈黙について書き残したが、彼らは、ある種の恐怖から沈黙している。日本ではどうか」と問われた。バルカン半島では、様々な歴史的、社会的、政治的状況におかれ、多くの作家たちは、言うべきことを言えぬ恐怖を味わってきた。そうした体験は、日本の作家たちにも無かったわけではない。しかし、東洋の文化圏にある日本人にとっては、沈黙が必ずしも負なるものとは限らない。それは、新しい始まりであり、私たちを抱きとめてくれる宇宙だ、と答えた。

話を終えて、今度は、私が彼女の近況をたずねる。「二年前の政変を境に、ジャーナリズムも変化した。それまでは書いてはいけないタブーのテーマがあったが、それさえ避ければ自由に書けた。今は、確かにタブーがなくなった。でも、知らぬ間にみんな自己規制をはじめたの。これを書いたらまずい、というように、自分自身を検閲している……。私、はじめて、労働組合に参加することにしたわ。いつ何が理由で解雇されるかわからない。この時代に危機感があるわね」と彼女は言った。

ビルを出ると、おだやかな夏の夕暮れで、アスファルトに熱せられた空気が揺らめき、噴水の水がトパアズ色に輝いていた。

七月十九日（木）

十年かかった博士論文が完成。昨夜、タイピストのレラさんから原稿を受け取る。印刷されたばかりで、紙がまだ熱かった。『一九二〇年代における日本前衛詩の発展——セルビア文学との比較考察』、二百五十三ページ。

「現代詩史は、概念的なものから非概念的なものへと、詩の世界を移動させた。言葉の世界から、言葉なき世界へと……」前衛詩の理論が、よく理解できないでいたとき、指導教官のペトコビッチ教授の説明に、すがすがしい中庭へと続く扉が開かれたのを感じた。それが、昨日のことのように思い出される。

そして記号学的な発想は、私にとって新しい事件と言ってよかった。萩原恭次郎《はぎわらきょうじろう》の詩について分析をはじめ、まず最初に訊かれたのは、文章の単位と句の単位が一致しているかということだった。シンタクスの単位と句の関係に注目すること……。詩を観る眼を、私は百八十度転換することになる。

見ず知らずの私を、アバンギャルド研究の千葉宣一《せんいち》先生は、何度も手紙で励ましてくださり、貴重な資料を送ってくださった。多くの方々に、助言をいただき、数え切れない愛にまもられて、とうとう完成した。

今朝、原稿を七部、大きな籠に入れ、両手でやっとかかえ、製本屋のステファノビッチさんの店に運び入れる。修士論文を製本してくれた親父さんは亡くなって、息子さんが仕事を受け継いでいた。

八月十三日（火）

八月四日の新聞が、伊藤信吉さんの訃報を伝えていた。九〇年の暮れ、安藤元雄先生が連絡をとってくださり、横浜のご自宅にお邪魔して、掘りごたつにあたり、ダダについてお話を聞かせていただいた。論文が終わった報告をしなければと、思っていたのに……。伊藤さんの声は、上州の風のような声だった。

八月二十一日（水）

午後、バルコニーで、論文集『詩学と批評』の序文を読んでいた。芥子《からし》色の表紙に、ピカソのデッサンがあしらわれている。散文と詩とは、どこが違うか。詩と批評とは、どんな関係にあるのか。詩にとって、意味とは何か。詩にとって形式とは何か。巻頭の論文には、こうした疑問とその答えが、緊密につなげられている。

そして自由詩とは何か。最後の箇所を訳しておく。「自由詩とは、たとえ口語表現が用いられても、見掛けほど自由でもなく自然発生的でもない。それは自然発生の幻想である。詩の本質である幻想、句というものの性格から切り離すことのできぬ幻想であり、それは韻律詩か自由詩かに関わらない」

深く息をして、本から顔を上げた。薔薇《ばら》色に染まりはじめた空を、燕が飛び交っていた。

八月二十五日（日）

セルビアの二〇世紀初頭の詩人ディスについての論文集を読んでいた。巻頭の論文に、semioza という言葉が出てきた。日本語では、何と訳すのだろう。ギリシャ語は、semiozis である。ペトコビッチ教授の説明を記しておく。

「意味」は、記号と指示対象によって構成されている。semiozis とは、記号がその指示対象といかなる関係を成立させるか、その過程を示す言葉である。

言語的 semiozis では、記号と指示対象の関係は、恣意的である。約束事であり、社会、民族や集団などにより異なる。（例えば、日本語の林檎はセルビア語では jabuka だ。）また、同じ言語の中でも、状況や文脈によって、対象を示す記号は変化する。例えば、自分より一世代前の男性の親族は、父とも親父とも言える。

これに対して、身体言語的 semiozis や美術的 semiozis では、記号と指示対象の関係は自然で、相似的である。記号と指示対象の関係には、「似ている」という明確な動機がある。

身体言語的 semiozis は、バレー、舞踏、パントマイム、演劇、発声など、身体の動きを含み、美術的 semiozis には、彫刻、絵画などが含まれる。例えば、哀しみを表す泣く動作、林檎を描いた水彩は、記号と指示対象が似ていることで、意味が成立する。だが、模倣を拒否する抽象画では、色、形のコンポジションそのものに意味があり、これは次に述べる音楽的 semiozis に近い。

音楽的 semiozis は、記号と指示対象の関係に明確な動機があり、自然である。記号そのものが、指示対象の物理的な存在と等しいか、またはそれに極めて近い。メロディーや高低、リズムなど、その記号の存在そのものが意味を持つ。なお言語表現でも、ああ、おお、などの間投詞、ガチャガチャ、ミャーミャーなどのオノマトペは、音楽的 semiozis に近い。記号と指示対象が、自然な関係を持っているからだ。

詩の言語は、言語の記号が、音楽的 semiozis に近づくことを目指している。つまり、言語の記号そのものが、指示対象と自然な関係を結ぶことを、感動をうみだす存在そのものとなることを、目指すのだ。

夕方は、渡し舟でサバ川をわたり、林をぬけ、アダ・ツィガンリヤ湖に出た。午後の水浴を楽しんだ人たちが、ゆっくり家に帰っていく。人影の消えた水浴場に、自転車を横たえ、仰向けになる。両手を思い切り伸ばすと、背中に白い細かな砂利のぬくもりを感じる。どこまでも高く空はひろがり、それから西へ、朱色に溶けた太陽が落ちていった。

八月二十八日（水）

『産砂ＲＯＤＩＮＡ』のセルビア語版に、少しずつ手を加える。散文的な表現がめだち、驚く。余分なものをすべて削ぎ落とすことにし、日本語の原詩も変えていく。

九月五日（木）

静岡の実家に電話を入れる。まず、母が出る。八月に検査入院していた妹が、退院して家に帰っていた。久しぶりの妹の声は、朝の夏草のように、しっかりしていた。

つぎに父の声だ。「風の盆を見てきたよ。九月二日と三日にかけて、富山に行ってきた」と言った。母の従兄の子が、旅館を予約してくれて、二人の旅だった。「もう、ずっと前から見たいと思っていたが、やっと今年、見ることができた。実に、優雅な踊りだった。同じ歌を、それぞれの村の人たちが、異なった振り付けで踊っていた。わずか五千あまりの人が住む町に、風の盆になると十三万人もの人が集まってくる。帰りの列車では、まだ興奮の冷めやらぬ人々が、手の動きなどを真似ていたよ。越中《えっちゅう》八尾《やつお》という町だ……」

富山は、菓子職人だった母方の祖父の故郷だが、一度も訪ねたことがない。しかし、身体の奥に、風の盆の記憶さえ感じた。

この日の声は、みんなとても朗らかだった。

バルコニーの燕たちは、国へ帰っていった。

九月十四日（土）

昨夜、ミリヤナ・ボジンから電話があった。セルビア現代詩のアンソロジーに必ず入る女流詩人。庵《いおり》を編んで住むような暮らしぶり。二年に一度、長い散歩をするのが、私たちの大切な儀式になっている。彼女から声がかかったら、どんなに他の予定があったとしても、すぐに会う約束をする。それを逃すと、また二年は会えない……。あなたに詩集を贈りたくて、と言った。今日が私の誕生日だと知っていたみたいに。

共和国広場の噴水の前のキャフェで会う。長い栗色の髪をゆったりと三つ編みにして、黒いモヘアのセーターを着ていた。お母さんが亡くなった。ここ数年、一人暮らしのお母さんの世話をするために、故郷の村とベオグラードの往復を繰り返していたのだが……。

一月六日、セルビア正教の降誕祭の前夜だった。「死ぬことを恐れていた母は、夜になると、扉に箒《ほうき》でつっかい棒をしていたの……。死神が迎えに来ないようにね」水道が壊れ、庭に水を汲みにいくのがつらい、酷寒がつづいていた。ミリヤナはひどい風邪をひいていたが、起きだして、祭の準備をしていた。胡桃でテーブルを飾り、母の好きなスープと鶏肉料理も作った。食事のあと、早めに床についたが、母の声に起こされた。「ママ、私が病気なの、知ってるでしょうと言って、それでも起き上がり、母の部屋に行くと、扉の前に倒れていた。静かに眠るようにね。この日にかぎって、箒が扉からはずれていたのよ」

新しい詩集は、『哀しみの資本』という。大きなガラス窓から、秋の陽光が流れ込み、私は新しい詩集を開く。感想をのべたり、彼女の話を聞いたり、ときおり私の黙読があたりの音を閉ざした。

詩集のテーマは、神を失った時代の痛みだと、私は読んだ。たとえば「降誕祭のうた」は、「物乞いの街角――我らの世界／大富豪さえそこで何かを待つ／作り話の王様が徘徊し……」と、はじまる。悲しさと優しさを秘めたアイロニーで、社会主義体制が崩壊したあとの世界を、魂との接点からうたう。

キャフェを出る。古い職人たちの店が残る坂道を下り、駅のあたりで別れた。いつになるかわからない、だが必ずやってくるはずの再会を約束して。

九月二十八日（土）
夜風が冷たい。ベオグラードの墓地で、一カ月前にフィリピンで亡くなられた大羽《おおば》さんの納骨式があり、仲間が集まった。今夜は、息子さんのナオキ君に、夕食に招かれる。大羽さんの奥さんのウナさんもドイツからやって来た。
九州生まれの大羽さんは、ベオグラードに留学した後、外務省に入った。家族は、ベオグラードで八年を過ごす。そしてイスラエル、ふたたびベオグラード……。在クロアチア大使を務め退職し、ザグレブに大きな家を借りて、ゆっくりと書物を著わそうというときに倒れ、息子のナオキ君が迎えに来た。

十月三日（木）

詩の祭典「スメデレボの歌」で、「金の鍵賞」が、詩人ステバン・ライチコビッチに贈られた。受賞の挨拶が始まる。氏は少年時代を語った。

第二次世界大戦、ナチス占領下のセルビア……。ステバン少年はハンガリーとの国境の町スボティツァを追われ、爆撃され廃墟と化したスメデレボの町に逃れ、郊外の難民収容所で暮らした。やせっぽちの十四歳、ギムナジウムで詩の仲間を得た少年は、一九四四年、「詩の洗礼」を受ける。はじめてタイプライターで清書した詩「キリストの苦悩」、その下に氏名を記した。壁新聞に発表された詩の前に立とうと、廊下に誰もいないときをえらんで、こっそりと何日も通った。壁から、詩の韻がひとりでに、響いてくるようだった……。

ステバンさんを囲み、楽しい夕食となった。飢餓……。疎開中に食べさせられたトウモロコシの薄い粥のこと、三食ともそれで、最後は胃袋が受け付けなくなったそうだ。

月明かりの美しい夜だった。落葉樹は、香《かぐわ》しく、葉の色を変え……。

十月十七日（木）

仲間と、スメデレボ郊外の小学校のこどもたち四十三人を招き、工芸美術館の見学をする。多くがコソボから難民となったこどもたちだ。ひろびろとした美術館、みんな瞳を輝かせ、作品を観ている。

地下には、建築学部の学生たちによるインスタレーションが展示されていた。螺旋階段を気をつけて下りていく。音楽が流れる仄暗《ほのぐら》い空間には、同じ大きさの白い長方形の板が置かれ、ひとつひとつが青い光を放っている。板には、それぞれ言葉が記されていた。

「どの場所にあっても、私たちの願いは思い出と混ざりあっている……」この言葉の記された板の前で、私は歩みを止める。化野《あだしの》の念仏寺《ねんぶつじ》だったろうか、行き倒れの旅人たちを葬ったというあの墓地を思い出していた。ときは春、私は十四歳の少女だった。今、この場所で、美しい痛みのように、記憶に刻まれていた遥かな光景が蘇った。

光をさえぎり、私たちは碧《あお》い闇をわたる。蛍を感じる。それは死者の魂を迎える、夏祭に似ていた。気がつくと女の子が私に寄り添い、手をつないできた。手のひらに、私は力を込める。作品は、死者の町と名づけられていた。

遠くに儀式を失った私たちは、ふたたび儀式の意味を求めている。

十二月二日（月）

スタッフを説得し、大学の図書室の整理をはじめる。一九八五年に四年制の日本学科が開設されて以来、教師の仕事をしてきたが、伝統のないところで異邦人として何か新しいことをはじめる難しさが、たえず、つきまとう。

一九七六年、オーストラリアで日本学を修めたデヤン・ラジッチ先生が帰国、選択科目としての日本語のコースを発足させる。だが、専攻課程の開設準備をはじめた八五年の夏に胃癌《いがん》が見つかり、とうとう教壇に戻ることはなかった。助手の採用が決まり、先生に報告したのはその年の十一月、花束を携えG病院に見舞うと、先生はすっかりお痩《や》せになっていた。「よかった。これで日本学科が無くならない」と、先生は穏やかに微笑んだ。「早く良くなってください」と、やっと挨拶し、それがお別れになった。病院の中庭から、すべての色が取り去られ、誰も居ない空間に、灰色の柱が並んでいた。

不条理なことがあるたび、託されたあの「はじまり」に立ち還る。

埃《ほこり》をかぶりながら、本の場所を、書棚から書棚へと移す。肺の奥まで、古い虫の死骸が入り込んで、咳き込んだ。シジフォス？
初雪がやってきた。この数日は、零下十二度あたりまで気温が下がっていた。日本に一時帰国することにする。二週間は、氷菓子より容易《たやす》く溶けさるに違いない。魂が落ち着かない。

十二月二十三日（月）
街頭に調子はずれの電子音のジングルベルが鳴り、グリーティングカードが並ぶ。届いた日本の新聞の一面に、新緑の軍艦の大きな写真。イージス艦出港。米軍支援活動……。言葉を失う。とうとう、ここまで来た。ヒトラーもあの国に比べれば赤ん坊ね、と言ったベスナの言葉が頭をよぎる。
新しい武器を都市で使いたいんだよ、と友人は言った。投下すると、そこが瞬間、真空状態になり、生き物は死に絶え、建物が破損せずに残る。悪魔の唯物主義の極地……。
強制連行、虐殺、拉致、帰還、人の別れも、巡り会いも、家族も、すべての運命が冷酷に分別され、ラベルを貼られ、文脈が与えられる。黒い魂の男が、白い手袋をはめ、扉を叩いている。

部屋の草花に水をやった。旅を前に、不眠症がはじまる。靴、船、列車の夢を見た。

十二月二十五日（水）

ゼムン区で、年金を配る郵便配達夫が、覆面の若者に射殺された。どこにでもある集合住宅地の入り口の石段……。五十三歳、家族があったろう。犯人は、鞄を奪って逃亡中。仕事から帰ると、五階のおばさんとエレベーターで一緒になる。「きのう殺された郵便屋さんね、娘さんが隣の建物に住んでいるのよ」

十二月二十七日（金）

息を切らして階段をのぼり、ベルを鳴らす。深紅のガウンのセーカが出てきた。詩人のスルバ・ミトロビッチを訪ねる。翻訳家の田中一生《かずお》さんあての手紙とワインを託される。「耳も悪いが、眼も悪くなった。完璧だろう」と、スルバが笑う。セーカが玄関まで送ってくれ、「緑内障なのよ……」と囁《ささや》く。

外に出た。二人の住むミーシャ船長通りは、古風な建物が並び、ゆるやかな坂道には、冬の闇に石畳が鈍く光っている。

そう、これは、私たちの街。坂道をおりていく。また、帰ってくるよ。

血まみれの童話——二〇〇三年

一月一日（水）
大晦日、次男とベオグラードを発ち、ロンドンに着く。空港は、がらんとしていた。ホテルまでバスは暗闇を走った。重たい雨が朝を閉ざしている。すべてが人工的なガラスの空間。ジェット機の轟音《ごうおん》に、小鳥の囀《さえず》りをはっきりと聞く。明日は、東京。

一月四日（土）
池袋のジュンク堂にて白石かずこさんのリーディング。家を持たぬ男が、大きな袋にダンボール箱を巧みに折り畳み、地下鉄で移動している。ぎらぎらした眼が疲れていた。
息を切らし、都会という迷路を抜けると、懐かしい仲間が待っている。かずこさんは、私の夢に出てきた白い羊のようなコートを着ている。朗読は今まで以上に清らかで、ピアニシモの美しさに心を打たれる。『浮遊する母、都市』、トパアズの輝きのする詩集は、愛と警告の書。大切な一冊となるだろう。壊れた機械のように不眠症が続き、夜の声が聞こえる。

（一九九八年二月十四日）

東京から電話。白石かずこさん。かずこさんの夢を見た次の日だったので驚く。夢の中で、白いふわふわの羊のようなコートを来て、何も言わずに細い通り（親友の住んでいた静岡の教員住宅らしい）を私の先をゆき、塀のところで振りかえる。そこで眼が覚めた。

長いお話のあと、「身体も大切にしなくちゃだめよ。魂の入れ物だから」と、おっしゃる。心にとめ、キイロの紙に書きとめ、机の前に貼る。

一月五日（日）

静岡に帰郷し、妹に花模様のノートを贈る。

朝、恩師の望月せつ先生から電話がある。「妹さんは、生きる天才だね。自分で光をともし、まわりを明るくする」と言った。
　夜は、家族とおしゃべりが楽しかった。小鹿山《おしかやま》も神社も海も見なかった。

一月十二日（日）
　高田馬場《たかだのばば》に宿をとる。隣は薬局だった。レストランの窓から、花屋さんが見える。九時までは、灰色のシャッターが下りている。この小さな店が、色と香りをとどけ、痛々しい都会の情景を救っている。朝、札幌の千葉宣一先生から、お電話をいただいた。「いい学問の交流ができてよかった。生きるとは、残された時間との戦いです。いくら、いい研究ができても、健康を失ってはだめですから、くれぐれもお体を大切になさってね」

一月十三日（月）
　日本を去る。ロンドンは雪だった。ぐっすりと眠る。夜明けがとても遅いのにおどろく。明日は、ベオグラード。

一月二十日（月）

探していたポパの全詩集が見つかる。東京で沼野充義《みつよし》氏が、ポパには「小さな箱」という素敵な詩があるとおっしゃった。キュービックな世界に感動する。空が澄みわたる。

一月二十七日（月）

夢を見た。青森行きの列車に乗る。名古屋へ行きたかった。親切な人が、それならこれを降りなさいと言う。洗面所に行き、そこから降りた。列車が走り出すと、忘れものに気づいた。踏切番が、「あなたは若いが、これからいい仕事をする人だから」と言い、列車を止めてくれる。お礼を言って車両を探したが、見つからない。黒のカバンだ。列車が動きはじめた。どうしよう……。そう、眼を覚ませばいい。でも、何が入っていたのかしら。

二月十六日（日）

長い散歩をする。零下十二度。岸辺の廃船に心を奪われ、じっと佇《たたず》み、見つめつづけた。

夏の日の船は、草地に捨てられたばかりで、放置された舞台道具のようだった。それが、今は緑青《ろくしょう》に朽ちて、窓のあたりは赤茶に錆《さ》び、ガラスは取り去られ、窓から鷗《かもめ》が見えた。正月あたりに水に現れた野鴨のこどもが、随分と大きくなって泳いでいた。羽は黒く、嘴《くちばし》が黄色い。

船はモーターも計量機も失い、今は何も運ばない。造った者たちの意図から解き放たれ、鳥と魚たちに新たな意味を与えられ、水際に蘇っていた。

二月十七日（月）

仕事のあと、ステバン・ライチコビッチさんを訪ねる。ミモザの花束とチョコレートを喜んでくださる。テーブルには、お菓子と果物が用意され、お茶が温かい。「忘れないうちに聞いておくが、北朝鮮についての日本の防衛庁長官の発言は、本当かい。先制攻撃もありうるとか言っていたね」ニューヨークに在住の息子ミロシュは、イラク戦争反対のデモに参加した。大変な数だった。だが政府が禁止し、予定された大きなデモはできなかったという。それにしても、ベオグラードはどうだろう。空爆の恐ろしさを知っている私たちが、大きな力に沈黙させられている。

食堂には、静物画が掛かっていた。食卓におかれた果物とナイフを描いた油彩。リスィモビッチという画家の作品とのこと。「気に入ったかね、私も大好きだ。簡素でいいね」

三月六日（木）

日本から来た仲間と南に下り、ブルニャチカ・バーニャへ行く。コソボから難民となった女性たちが、手作りのクッキーとチーズパイで、もてなしてくださる。ひとりひとりの短い自己紹介が、厳《おごそ》かだった。ロシア語教師、産婦人科の看護婦長、農家の主婦、家具工場経営、薬剤師……。「なにもかも無くした」とひとりが言ったら、ほかの女の人たちは、優しいが力強い声で、「家族がある、仲間がいる、健康があるじゃない」と言った。

最後に立ち上がり、輪になって、日本から届いたラメ入りの毛糸の玉をほぐし、みんなの両手にかけていく。鋏《はさみ》を入れ、それぞれを結び、綾《あや》取《と》りをした。空気が明るく弾んだ。

三月十三日（木）

夕方、仕事を終えて、ブランコ通りに出ると、道が混んでいる。静かな人の群れ。バスを待つが、なかなか来ない。何かが変だ。何があったのかと訊くと、女の人が震える声で、首相が暗殺されたと言った。まさか……。やっと乗れたバスで、人々は沈黙していた。時折、携帯電話が鳴る。橋の袂《たもと》で、カラシニコフで武装した警官隊が、車両を検査している。

その夜、非常事態宣言が出された。政府の公式発表に反する情報の禁止。あらゆるデモ、ストライキ、集会の禁止。犯人が指名手配された。なぜすぐ犯人がわかるのか、私にはわからない。

三月二十日（木）

ＮＡＴＯによるイラク攻撃開始。テレビから流れるトマホークの音に、あの忌《い》まわしい春が甦り、身震いする。英語で流れるニュースの詭弁《きべん》に腹が立つ。

家の改修工事の準備をしている。いたるところ本、本、本。病院で使う緑のマスクをして、ダンボール箱に詰めていく。所有とは暴力だ。辞書を足の上に落とす。痛かった。手紙、切り抜き、貝殻、押し花、人形、石、松ぼっくり、クリップ……。すべてを捨てて二人で旅に出よう、と言う人があれば、ここを速やかに立ち去りたいほど。

三月二十一日（金）

センタ市のバイオリニスト豊嶋めぐみさんから電話がある。「とうとう戦争がはじまりましたね……」音が空気のように響くまで練習するのには、時間がかかる、と言った。

イラクに落とされるトマホークの数に驚く。一九九九年の春、ベオグラードに三発落ちた夜が夢を奪い、怖かった。コソボでは、一夜に十七発くらい落ちて、恐怖は言葉に尽くせぬものだった。その何倍、何十倍の攻撃。人の精神は耐えられるだろうか。

三月二十四日（月）

授業を終えて図書室に行くと、見知らぬ学生が立っている。私がクロアチアからの難民のこどもたちと活動していると新聞で読んで、訪ねて来た。僕も村を追われた。本を書いたから、読んでほしいと言う。私の手のひらに乗るほどの小さな本だった。あなたは何年生かと訊くと、まだ高校生だと言った。戦争の悲しみが、少年を大人にしていた。本に、ゴラン・ヨビッチと丁寧な筆跡で署名し、終わりに電話番号を記すと、感想を聞かせてほしいと言った。連絡を約束する。

研究室で本を開く。『アンドリアナへの手紙』という。はっとした。内戦がはじまった夏、トルピニャ村から難民となったこどもの書いた詩が、巻頭に置かれていた。

「小舟には僕らが十人／あと涙一粒で／舟は沈む」
本は、八年前、ドナウ川を舟で渡り、難民となった日の回想からはじまる。古びた舟に、十七人の女とこどもが乗っている。きびきびとした文章で、時代が描かれていた。彼が綴らなかったら、だれが書き記したろう。

血まみれの童話——デサンカ・マクシモビッチ

それはある農民たちの国のこと
山がちのバルカンで
苦しめられて死んだ
生徒の一隊が
ひとひのうちに

同じ年に
みんな生まれ
同じ学校の日々が流れ

同じ式に
いっしょに招かれ
同じ種痘《しゅとう》をみんなうけ
同じ日にみんな死んだ

それはある農民たちの国のこと
山がちのバルカンで
苦しめられて死んだ
生徒の一隊が
ひとひのうちに

死の瞬間の
五十五分前
教室の机にむかって
小さな一隊が
同じ難しい問題を

解いていた「旅人が
歩いていけばどれだけ……」
などと

みんなのあたまは
同じ数字でいっぱいで
ランドセルのノートには
無数の五点や二点が
いみもなく並んでいた

同じ夢と
同じ秘密に
祖国への愛や恋心を束ね
ポケットのなかに握りしめて
そしてだれもが思った
ずっと

これからもずっと
青い空の下を駈けていくんだと
この世の問題をみんな
解きおわるまで

それはある農民たちの国のこと
山がちのバルカンで
いさぎよく死んだ
生徒の一隊が
ひとひのうちに

少年たちは列をくみ
手をつなぎ
そしてさいごの授業から
処刑場へしずかに向かった
死など何でもないかのように

仲間たちは列をくみ
同じ時を昇っていった
とこしえのすみかへ

四月三日（木）

夢を見た。幼いとき、従姉からもらった桃色の振り袖。袖に紫の毬《まり》が染められ、緑や赤、黄色の紐《ひも》が描かれていた。頭に鶴と鈴のついたリボンをしている四つの私が、婚礼のお酌をしている。妹はどうしているかしら。

新聞のイラクの女性の虐殺死体の写真に、思わず目を覆う。悪魔たちの仕業……。いよいよ、家の修築工事を開始する。壁を切る職人のヨバンさんは、ユーゴスラビア社会主義共和国の時代に、バグダッドで働いていた。いい人たちだったよ。空爆だなんて、なぜ人が死ななくちゃならないのかね。サダム？　土地の者は、尊敬してたね。いずれにしろ、彼らの問題だ。彼らが決めればいい。

午後、図面通りに、厚い壁は移された。空間プランナーのベリツァが来る。すごい埃だから、テレビは古いシーツで覆っておかなくちゃと彼女は言った。慌ててシーツを掛ける私を見て、ヨバンさんが笑う。あんたは、イラクの女性みたいだ。すっかり埃だらけになってから、家具を布で覆うんだからね。

四月六日（日）

朝、向かいのマーケットに行くと、店主のウロシュさんが言った。「アメリカは何ということをするんだろう。ニュースを見たら、難民になった小さな男の子と女の子が、食料を待っている。お父さんもお母さんも、どこに行ったかわからない」ウロシュさんの家族も、海辺の町ザダルから難民となってやって来た。働き者で親切な人たち。大きな店と家を失い、ここに小さな商店を開いて十年になる。馬鈴薯《ばれいしょ》とオレンジを買った。

ヨバンさんは、朝から仕事をつづけていた。タイルを張るための床を準備している。「バグダッドは大都会だ。チグリス川とユーフラテス川が流れていて、メソポタミア文明ってあったろう。川岸には、葡萄《ぶどう》と林檎の畑が広がっていた。豊かな土地だ」

突然に、風が吹きおこる。西の空が青く晴れているのに、吹雪がはじまった。咲きはじめた花が冷え……。

五月二日（金）

眩しい光のような囀りに、目ざめる。バルコニーの巣に燕たちが帰ってきた。

五月二十日（火）

十一時より、会議室にて博士論文審査。砂漠のように喉が渇く。「アバンギャルドは、詩的言語の本質を私たちに思い出させたにすぎない。詩的言語は、言葉の裏側に広がる手のとどかない世界の存在を暗示するのだ」と発表を結ぶ。そして質疑応答があった。すべてが終わると、力強く優しい拍手が鳴りつづき、しばらく止まず、それは故郷の海の潮鳴りにも似て、胸を正して聞き入った。同僚、友人、学生たち、家族、そしてサラエボ留学時代の恩師、ブチコビッチ先生も来てくださった。

カーネーション、カトレア、カサブランカ、霞草《かすみそう》、白百合《しらゆり》、雛菊《ひなぎく》、薔薇《ばら》……。抱きかかえきれないほどの春の花束がとどく。家に戻り、リボンを解いて、いくつもの花器に生けると、婚礼の日に思われた。

五月二十二日（木）

静岡に電話する。妹は入院し、その手続きを終えた母が家に戻ったところだった。

妹の声は、聞けなかった。夕方から雨になった。

六月十二日（木）

定期試験初日が終わる。疲れ果てて帰ると、釣りから戻った男たちが隣のエレベーターに乗り込んでいった。水と魚の臭いがする。

七月五日（土）

冷たい雨の朝。新しい戸棚を取り付けに家具職人のミカが来た。ミカの奥さんは画家だ。けれども、彼女は病気なんだ。僕たちに聞こえないものが聞こえる。こんなに大きな音なのに、どうしてあなたに聞こえないのって言うんだよ。僕らに見えないものが、彼女には見える。前は展覧会もずいぶん開いたが、今はほとんど絵を描かない。薬が強いからね。病気さえなければ、いいやつなんだけど。でも彼女にはね、この世に僕しかいない。彼女は僕の娘の母親なんだし……。煉瓦《れんが》色の台所が出来上がる。ミカが電気のコードを忘れていき、エレベーターで追いかける。来週は、本棚と扉。

夜は、リュビツァ王妃の館にて、イムレ・カルマン氏のチェロのコンサート。石造りの館の地下室は熱気にあふれていた。椅子は足りず、階段にもぎっしりと人々が座っていた。空席はなく、立ったまま聴く。眩しい夏の野原のような表現。グリーク、R・シュトラウス。とりわけアンコールのコダーイは豪快だった。彼の顔付きがすっかり変わり、荒々しく野性的だった。ブラボー、ブラボー、拍手の嵐がつづいた。カルマン氏は、バイオリニストの豊嶋めぐみさんの夫。満ち足りた気持ちで家に帰った。バスの乗り換え駅から、ふたつ停留所を歩く。うっとりするような夜風に、どこまでも、歩いてゆけるほど。

七月二十一日（月）
蚤《のみ》の市で、台所用品をあれこれと揃える。籐のゴミ箱や空色の水切り籠など。午前は、ぐるぐると木製の匙《さじ》で鍋の底をかきまわしながら、アプリコットのジャムを作った。春の雪を耐えた果物は、いい匂いの宝石色になった。冷めてからガラスの瓶に詰める。ゆっくりと、なんにもない、いい日。

七月二十二日（火）
東京から『そこから青い闇がささやき』が届いた。十年の間に書いたエッセイをまとめて、本が生まれた。歴史がこの土地に残酷だったとき、光を放つものがあった、その記録。表紙は母娘を描いた画家ドゥニッチ氏の作品。やや蒼ざめた灰色の背景に母と娘を描いた正方形の油彩。白い帯をとると、やや不安な時代を暗示するように、空白が沈黙していた。

七月二十三日（水）

書棚の整理が続く。書物というより形と大きさのパズル。ティトー元帥写真集、人民解放戦線関連図書、第二次世界大戦虐殺の記録、そして民俗学関係書、美術書、民謡楽譜、大量の児童書と絵本……。スルバ・ミトロビッチが編んだ『イギリス詩選』を手にとり、ページを繰ると、シルビア・プラスの「鏡」という詩があった。作品には深い裂け目があり、測り知れない悲劇を孕《はら》み、そこに私は招かれていた。

七月二十五日（金）

本棚の片隅で、赤い表紙の育児日記を見つけた。せがまれ音読する。三男が最初に覚えた言葉は「ママ」で、食物と母親を同時に意味するという箇所に、息子たちは笑い転げた。

夜の書庫で、アルバレスの『自殺の研究』という本が眼にとまる。第一章がシルビア・プラスで、運命の遊びを感じ、読み耽《ふけ》る。冬の日に、こどもたちを残して、ガス・オーブンに首をつっこんだ彼女の最期を知る。私が詩を書きはじめたのは、三十四歳で、息子たちが赤ちゃんだったころは、育児日記のほか何も記さなかった。あのころ私は、ママであり食物で、詩人ではなかった。オーブンでは肉やお菓子を焼いていた。

七月二十八日（月）

仕事が終わり、カレメグダンの城跡を歩いた。ドナウ川とサバ川が合流するあたり、夕映えが広がり、やがて薄闇をまんまるの月が巡りはじめた。そこから先を永遠の時間が流れている、と信じている私が、遠い光の水を見つめている。

八月二日（土）

バスで北へ三時間、マーリー・イジョシュ村へ向かう。仲間と、各地の難民センターから小さなこどもたちを集め、ハンガリー人の夫妻が作った休暇村に一泊旅行する。パンノニア平原にはトウモロコシ畑がひろがり、向日葵《ひまわり》が咲き乱れていた。

男の子は、左目が義眼だった。ベッドで、「三匹の子豚」と「灰かぶり」のお話をした。御伽噺《おとぎばなし》はどこかしら残酷だった。畜舎からロバの鳴き声が聞こえ、みんなでお腹をかかえて笑った。夜気は冷える。

八月三日（日）

帰りのバスで、こどもたちは疲れ果てて、ぐっすり眠っていた。すやすやと眠る天使たち。どんな夢を見ているのかしら。一九九九年夏、国連管理下に置かれて地獄と化したコソボから、みんな家族と逃れて来た。どんなに重い旅だったろう。お別れの時、イバナちゃんが大切にしていたハッカ飴を一粒くれた。あたたかな何かを、分け合っていた。

夜、家に戻る。バルコニーに出て、静かな巣を見上げる。燕の家族がいなくなって、二週間になるわよ、糞がなくなったから分かる、何があったか心配ねと、次男に言ったその瞬間、藍色の闇から、ひらりと一羽の燕が現れ、巣にもぐりこんだ。

昨日の新聞にシルビア・プラスの記事があった。写真の何かに脅《おび》えるような瞳。見出しには、悲劇が詩を作ったと書かれていた。幸せそれとも不幸せ。私たちの眼球は、しばしば歪んでいて。ああ、シルビア、あなたにペパーミント・キャンデーを分けてあげたかった。

八月七日（木）

ボゴバージャの赤十字休暇村で休みを過ごす。先に着いたスルバ・ミトロビッチとセーカ夫妻が迎えてくれた。この週末は、大きな建物に私たちのほかに誰もいない。ここには仲間たちと何度も来ていた。難民センターだったから。ソーカおばあさん、サーシャくん……みんなどこへ行ったのだろう。あのころ、たくさんの厳しい運命がひとつひとつのベッドに生きていた。今は、ふたたび休暇村となった。玄関のゼラニウムが眩しかった。目的のない旅は久しぶりだった。部屋では、スルバがH氏と芭蕉《ばしょう》の俳句の翻訳原稿に手を入れている。テラスで、セーカは料理の作り方の切り抜きを整理していた。前菜、サラダ、スープ、肉料理、魚料理、サラダ、デザート……。分類を手伝いながら、少女時代の話を聞く。

私も難民だったのよ、まだ二歳だったから覚えていないけど。ウスタシャの虐殺を逃れ、父と母は七人のこどもを抱えてサラエボを後にした。この休暇村の松はね、父が植えたの。戦後、父は肺を患い、ここに保養に来ていた。その後、赤十字運動をはじめ、こどもたちと一緒に苗木を植えた。だから、ここは私たちの林よ……。

松林から静かな風が沸き起こり、翻訳原稿も料理の切り抜きも、草地に舞い散る。

こどものように私たちは笑い声をたて、拾い集めた。

八月九日（土）

夕方、風が立ち、森がざわめいた。たまらなく散歩がしたかった。村の道へ向かうと、雨になった。髪も身体もすっかり濡れて、少女のようにぞくぞくした。

八月十三日（水）

朝の水浴を終え、アダ・ツィガンリア湖から自転車で戻る。コソボのゴラジデバッツ村で、セルビア人のこどもが六人、アルバニア人のテロリストに虐殺されたと、ラジオは伝えた。重傷を負った少女もいた。グラーツェ村やゴイブリュ村のこどもたちは、大丈夫かしら。神々を喪失した時代は、生贄《いけにえ》を求め続ける。

八月十七日（日）

東京から来た学生のM君、海へ行くバスまで見送った。スカダルリア通りの坂道をゆっくり上る。夏の石畳には骨董品の市が立ち、人々がさざめき歩き、ラジオや蓄音機、古書、テーブルなどが並んでいる。扇や指輪もあった。切子ガラスの花瓶の藍色に魅せられた。値段を尋ねる。椅子の傍らに、茶色の木の縁の大きな鏡があった。ガラスは波打ち、熱せられた街を、歪んで映している。

ベンチに男が一人、汚れた指で紙袋のパンをちぎって、口に運んでいる。おとなしい動物の眼をして、遠くを見ていた。

八月二十二日（金）

二十日にベオグラードを発ち、昨日夕方、静岡着。父は麦藁帽子《むぎわら》を被り、桜の枝の毛虫を捕っていた。弟と病院に向かう。消毒の臭い。妹と私は再会を喜び、窓辺にレモングラスが揺れていた。二人と別れて外に出ると、蟬時雨《せみしぐれ》は薔薇色の空気を震わせ、花売りが店じまいをはじめている。バスは横田鳥獣店など旧い友の家があるはずの通りを抜けた。Sデパートで乗り換え。次のバスを待つ。自動販売機でコーヒーを求め、飲み干した。苦い氷の粒をかりかりと嚙む。住む場所を持たぬ男がベンチの少女に、人生は一度だけだと説いている。夜の文房具屋で、妹の好きな猫の絵葉書を見つけた。

八月二十三日（土）

こうちゃんと妹を見舞う。病室の窓に山が青い。母の蜜柑《みかん》を妹と食べた。サイレンが低く聞こえる。野球かな、と言うと、妹がテレビをつけ、高校野球の閉会式を見た。帰ろうというとき、妹は両手で私の左の手を包むようにした。互いに、みつめあい……。

八月二十六日（火）

斎藤史《ふみ》の歌集を探しに池袋に出た。やっと見つけ、本を抱きしめて宿に戻る。夕方、仲間が訪ねてくれ、大塚を歩いた。小路には店が並び、魚屋の主がホースで水を流し、床を洗っていた。水は黒く光り、坂道を流れていく。こんな店も無くなっていきますね、と西田書店の日高さんが言った。

八月二十八日（木）

ロンドンを経由、ベオグラードにもどると熱せられて乾いた空気が待っている。次男がのっぽの友達と迎えてくれた。朗らかな握手。開け放った車の窓に、麦畑が波打って……。

九月二日（火）

アスファルトとビル。大きな楠《くす》の木が枝を伸ばしていた。神社の境内は玉砂利が敷きつめられ、いちめんに水が流れ、柄杓《ひしゃく》が置かれていた。水は飲まず、別れを告げる。新しい電車が走ってきて、私を乗せようとしていた。そこで、夢が終わった。明日は、『古事記』の輪読、翻訳。

九月五日（金）

連絡が遅れ、友人と会えずに悔やまれる。帰り道、工事中の道路で子猫の死骸を見つけ、左手で思わず顔を覆う。掘り返された土に、傷もなく眠るように。土管はむき出しになっている。

九月二十三日（火）

新しい住所から千葉宣一先生がお手紙をくださった。お電話を差し上げる。仕事の分水嶺に立った今は、思考を集中し持続し、思考の最高の頂点を求めること。気力を永続させること。満点主義はいけない、とおっしゃる。バルコニーのカンパネラが薄紫の花を咲かせた。

九月二十七日（土）
家に帰ると、雄猫が来ている。薄茶色の縞模様。長男の仕業だ。飼うなんて。怒る私の足にすり寄って尻尾をピンと立て、みゅーとなく。恋をして負けた。猫の名前はプルキー。

十月十二日（日）
ボヤナとネナド夫妻と夕食。愉しかった。夜の台所で食器を片付けていたら、布巾の中でシャンペングラスが割れ、左の人差し指をざっくり切った。血が噴出して軽い眩暈《めまい》を感じ、しばらくソファで横になる。罅《ひび》が入っていたのかな。幸せな国を解体するような……。

十月二十二日（水）
研究室の整理。埃まみれになる。漢字練習帳のコピー、空っぽの植木鉢、ひび割れた石鹼《せっけん》、書けないペンなど。処分する。大きすぎた机は小さいのと替えた。傷はあるが、一応、本物の木。メモが見つかる。「過去の詩学は、詩の構造を記述し描写した。

現代の詩学は、その形がどんな働きをするかについて語る……」石鹸で手を洗い、コーヒーを入れる。

十月二十五日（土）

バスを降りて、雨の十字路に立つと、ふと自分がどこにいるのか分からなかった。この瞬間の不安が、私に何かを語らせようとしている。リュブリャナのSのことを思い出した。彼女は、これに似た不安感のために自分を傷つけていったのに違いない。

十一月二日（日）

空が鉛のように重い。太陽の嵐のためか。気温が二十五度にもなる。建物の前で女の子が二人、乳母車の赤ちゃんに哺乳瓶のジュースを飲ませていた。葱《ねぎ》と蜜柑と馬鈴薯を買い、家にもどる。熱を感じる。私の身体は、プラグを差したままのアイロンみたい。

十一月三日（月）

松下耕《こう》の合唱曲のために書き下ろした連作を、「光をまもるものたち」と命名。言葉を繰り返し、音を重ね、思想をいかに鮮明な絵とするか。歌い手の顔を思い浮かべ推敲する。言葉に眠る音楽を揺り起こす仕事に、戦争の記憶を織り込んでいた。故郷の海で組曲を結ぶ。

十一月四日（火）

文学史の講義を終え、雑用を片付け、ミハイロ公通りを急ぐ。噴水の向こうで、ミリヤナ・ボジンが待っている。キャフェでハイビスカスのお茶を注文した。彼女の詩の翻訳が掲載された雑誌「るしおる」をやっと渡す。にっこり微笑み、手にとった。手作りの句集をもらう。散文を書きはじめたと言うと、そんなこと私はしないわ、と言った。詩は音楽であり戯曲であり世界だもの、と。わかってる、全体を削っていくのが詩の作業ならば、詩の真実と、小説のそれとは違う。でも書きたいことが詩をはみだしそうなの、と答える。どう終わるかわかっている？　わかっている。それならいい……。文学にとってモラルとは何であったのか、語り合った。外に出ると、風が冷たかった。

十一月八日（土）

バスに八時間揺られ新しい国境を越え、昨晩からラクタシ市にいる。心理学の仲間たちの集い。ニューヨークからはホルツマン女史が来た。危機が私たちを集めひとつにした、と彼女は言った。黒人の若者を支える彼女たち、戦禍にある人々とともに居る私たち……。わずかな自由時間を、友達と散歩した。山道をのぼれば田舎で、細い道が森へつづいている。黄金色の落ち葉を踏んでいく。「ハリネズミのお家」を書いた詩人チョピッチの生まれ故郷もこのあたりだ。第二次世界大戦中、ここも激戦地だった。九〇年代の内戦でも……。歩みを止める。秋の太陽が樫《かし》の枝から、零《こぼ》れてきた。

十一月九日（日）

リュビツァと朝を歩く。かすかな鳥の声に空を見上げる。と、Vの字に並んで鳥が空を渡っていく。鶴よ、暖かな国へ行くのよ、と彼女が言う。渡り鳥の歌を聞くのは初めてのこと。懐かしい仲間たちと別れ、またバスの長い旅。寺院、墓地、商店、崩れた家や学校……。ガソリンスタンドに、最新式の戦車が二台入ってくる。迷彩色の兵士が降りてきた。身震いする。果てしない唐黍《とうきび》畑に、夕日が寒々と落ちていった。

十一月十日（月）
　仕事の帰り、ブラディミル・ペトロビッチ・ディス全集を買う。黒のクロスに詩人の筆跡で赤い文字の名前が入り、肖像が印されている。詩「涅槃《ねはん》」もあった。書物が神様からの贈り物だと感じられる日……。こどもの心になって、坂道を下りた。

十一月十八日（火）
　川が流れていた。水は豊かで川幅は広かった。淡い緑色の水には勢いがある。岩が見え隠れし、水飛沫《みずしぶき》が白い。川の名を尋ねると、土地の男が一ノ瀬川と言った。少し前に、朝市の立つ細い通りで誰かを見失ったが、その者が私を探そうともせぬことを思い出し、ひとりで歩いた。たえず何か暖かなものに導かれて……。それは身体をもたず、光だった。船着場で舟に乗るようにすすめられる。すべては夢。舟には乗らず、目が覚めた。

十一月二十日（木）
　ブルニャチカ・バーニャの町を小川は流れていた。女性たちが私たちを待っていた。編みあがった袋やマフラーはひとつひとつ違い、鮮やかな花が咲いた。ファインダーを覗くと、作品を手にした女の人の顔立ちの荘厳に息をのむ。みんな難民となった人たち。それから民俗博物館を訪ねた。八十歳のダニツァさんは家屋の展示物の中に入り込み、重たい鉄の棒を持ち上げ、こうやってパンを焼いたよ、と見せてくれる。昔は、この木の円いテーブルを囲み家族がひとつの器から食べた。あのころ人は幸せだった。みんなに一枚ずつお皿が配られるようになって、不幸がやってきた、とダンカさんが言った。スラボイカさんが張りのある声で歌いだし、ほかの声がそれにつづき、恋歌が石の館に響きわたる。故郷コソボの歌だ。

帰りの夜道を車で走る。左手の藍色の闇に、ありありと廃墟が浮かび上がる。チャチャック市。空爆の跡？　そう、ＮＡＴＯの空爆さ。ガラスは被爆したときのままに割れ、電器工場の不気味な影絵が凍結している。空には大粒の星が輝き、やさしい娘のために金貨が降りそう。

十一時帰宅。夕食のスープを温め、新聞に目を通す。イラクに日本が自衛隊派遣？　何のため？　思想も理想も失った、この世界をどう歌おうか。『池澤夏樹詩集成』を読み終えた。

十一月二十五日（火）

愚かな会議。ざらざらの気持ちで帰宅。デサンカ・マクシモビッチの「血まみれの童話」の訳をつづける。第二次世界大戦中、一日に七千人の村人がナチスに殺戮《さつりく》されたクラグエバッツの悲歌。女、男、こどもたちの顔がいくつも重なる。デサンカさんが空から守ってくれる、それを感じて救われた。この詩に出会ってから、二十四年が過ぎている。

十一月二十八日（金）

千葉宣一先生にお電話差し上げた。前衛詩運動の論文の要旨を読んでいただく。神《かん》原泰《ばらたい》の詩「真昼の街道」は、最初はローマ字詩だったとのこと。大切な事実。研究とは永遠の中間報告、とおっしゃる。札幌は雪、こちらは明るい秋の陽が踊っている。

十一月二十九日（土）

季節はずれの暖かな朝、川岸へ出た。楡《にれ》の切り株のあたりに、あの男がいなかった。男が衣類をつめているらしいリラ色の大きな袋も、その他の財産を運ぶ七つのビニールの買い物袋も、仲良しの六匹の野犬たちも……。ただ現れるのが遅れているのか。澄んだ空に、どこかへ移ったのか。いつのまにか、電車の終着駅に白と赤の見慣れぬ鉄塔が建てられていた。

夕方になって、空間プランナーのベリッァから電話がある。ちょうど日本現代建築の本を渡そうと思っていた。やっと気をとりなおしたけれど、と彼女は言葉をつづけた。主人のペーッァが家を出て行ったの。恋人がいた……。一瞬、耳を疑う。明日、会う約束をする。バルコニーの草花は、ひとつひとつ枯れてゆき……。

十二月一日（月）

仕事の帰り、プラトー書店でカラノビッチの詩集『躍る光』を求める。待ちきれない思いで、満員のバスで立ったまま本を開いた。「映像」という詩を読み終え、顔を上げると、バスは橋にさしかかり、淡い灰色を帯びた夕映えがドナウの水に広がっていた。

十二月十七日（水）

磨き上げられた朝空。団地を抜けて停留所へ向かう。駐車場に停められた赤い車の窓に、あたたかな眼差しを感じた。居るはずもない誰かが、私を見つめる。それはガラスに閉ざされて、指に触れることすらできず……。

十二月十八日（木）

Ｋ会館にて、象徴派の詩人ヨバン・ドゥチッチについて、ペトコビッチ教授の講演がある。詩は、話の連なりとリズムの連なり、この二つから成る。二つの連なりはときに重なり、ときに離れる。重なると調和が生まれ、離れると緊張がおこる。晩年の詩は客観的になっていき、読み手の目の前にありありと情景が開かれる。最後に冷たい湖のモティーフについて話され、会場に拍手の波がひろがった。原稿から顔を上げた先生が、白紙のように蒼ざめていて驚く。

十二月二十三日（火）

Ｇ出版社を出ると、雪が降ってきた。石畳の坂道が雪に埋もれていく。すべてが白い光につつまれていった。通りには蜜柑色の小さな電球が数え切れないほど点《とも》され、レースのようだ。月明りのせいか、眠れない。朝は四時半に目が覚めた。

十二月二十四日（水）

夕方に職員会議。ペトコビッチ先生が倒れた、と助手のページャが言った。研究室からお宅に電話を入れる。今朝、風呂場で意識を失い左手が動かない、病気と闘う力がないように見えて心配と、奥さんのマリーナ先生がおっしゃる。

十二月二十五日（木）

底冷えがして仕事部屋が病気をしている。正午、H氏と現代小説の翻訳についてG出版社と打ち合わせ。革張りのソファの編集室を出ると、街が疲れている。夕方の六時、先生のお宅に電話を差し上げると、病院の検査も終わり大丈夫と、お嬢さんが言った。

痕跡――二〇〇四年

一月二日（金）

正月の電車はがらんとしていた。カレメグダンで降りる。動物園の煉瓦塀に沿って坂を下り、陸橋をくぐると、ドナウは霧に眠っている。岸の居酒屋は閉まっていた。暗い雨の支笏湖《しこつこ》に行きバスの運転手に自殺者ではと疑われた、十九歳の秋が重なる。ゆきかう人もなく……。波止場には、空っぽの遊覧船が揺れていた。もう還るはずのない夏が、彼方に溶けている。初老の男女が、真剣に言葉を交わしながら足早に去っていく。線路に出た。貨物列車が通りすぎていく。鉄の音は遠ざかり、薄紅の石をふたつ拾った。何かにきっぱりと別れを告げるように、水を振り返る。詩とは、静かな光に身を捧げること。そうでしょう？

一月四日（日）

民俗博物館にて手芸品展示会の番をする。石の館で身体が冷え切った。腹痛。

一月五日（月）

微熱あり。終日、ベッドで過ごす。まとまらないでいる次の詩集をもういちど読み直している。原稿を『秘やかな朝』と『水の国、瀬織津《せおりつ》』のふたつにまとめてみる。太田静子の『斜陽日記』を読了。愛を生贄《いけにえ》にして『斜陽』は生まれた。愛とはおおかた残酷で、いつも孤独と隣あわせ……。

一月六日（火）

微熱がつづき、腹痛もあり。ツルニャンスキーの短編小説『チャルノイェビッチの日記』を読みすすめ、心を奪われた。第一次世界大戦、オーストリア・ハンガリー帝国に動員された若きセルビア人の日記。凝縮された表現から香りたつ時代、男と女、身体と魂、人々の呼吸……。詩から散文へ、散文から小説へ、そして小説は詩を輝かせ……。私が翻訳するために書かれた小説と感じて、胸が熱くなる。耳のおくで日本語が響きはじめて身震いする。

一月八日（木）

Ｊ先生に診ていただく。冷えたのね、痛いのは排卵期のせいかもしれない、と。冬の陽射しにバスを待つ。子宮の壁に、消えていく卵たちが赤い涙を流している。

一月九日（金）

夜は、画家のドゥニッチ夫妻を訪ねた。次の詩集の表紙に、黒いドレスの女が草に横たわる『地と空の図』をお願いした。あなたの絵には救いがある、たとえばミレナ・バリーリは限りなく悲劇的だ、と言うと、どうだろうか、彼女の絵は詩的だ、詩的なことが救いじゃないかな、と彼は言った。葡萄酒、マリアの手料理、ルッコラのサラダ、牛肉と茸《きのこ》……。

一月十五日（木）

吹雪。静岡に電話を入れると、妹は山形の林檎のすりおろしを食べるようになって、顔色がよくなったと言っていた。ひらりと猫のプルキーが机に飛び乗る。眼で話しかける。

一月十六日（金）

私は小鳥になった。春の梢《こずえ》の胸の中にいる。それを、あたたかな眼差しがまもっている……。夢はそこで終わる。満ち足りた気持ちに目覚めた。停留所まで、ゆっくりと歩く。若い父親が息子を肩車して、おしゃべりしながら保育所へ急いでいた。

一月二十二日（木）

空は荒れ模様。吹雪に町は混乱する。道は凍りつきバスも体も冷え切って、二時間半もかかって終着駅に着く。若い女が男友達に、「誰ひとり慌てなかったわね。この十年で、悪いことにすっかり慣れてしまったわ」と笑い顔で言った。家で熱い野菜スープを飲む。

一月二十六日（月）

セルビア語で詩集をまとめはじめる。原稿が散逸しかけていた。久しく発表しないでいたから。見えない何かに追われ、かけがえのないものを失いかけた者のように、心が震えている。あまり人生に期待してはいけない。与えられた時の光を、日ごとに感謝すること……。岸辺はたそがれて、こどもたちの作った雪の城壁が薄紅色に染まり、家族が遊んでいた。

一月二十九日（木）

コソボのゴイブリャ村の生徒たちを乗せたバスを、アルバニア人が襲撃。投石され、フロントガラスは粉々になる。聖サバの日を祝うため、ミトロビツァ市へ向かう途中のできごと。ブラトコ先生と連絡が取れた。小学生たちを乗せた十一時発のバスは無事だったが……。昨年の春、私たちと時を過ごしたこどもたち。どんなに怖かったことだろうか。

一月三十一日（土）

悲壮感そのものは、悪くはない。自分自身を探す内なる旅なのだからと、精神科医のボヤナが言った。手を触れれば指を切り血が流れそうな三日月が、空に冷たく光っている。

二月三日（火）
スルバを訪ねる。一昨日、寄ってほしいと連絡があった。彼から呼ばれるのは、珍しいこと。先週はひどい状態で入院していた、とセーカが言った。死と隣り合わせだったに違いない。病室では若い人も死んでいく、みんな去っていくなあ、とおどけて言った。

二月五日（木）
ミリヤナ・ボジンの詩の集い。十日間の展覧会を開き、十年ぶりの沈黙を静かに破った。手作りの詩集を二十部発行、手書きの表紙はひとつひとつ違う。この夜、集まったのは六人。七つの蠟燭《ろうそく》を点し、語り合う。詩の言葉が、私たちを集めた。彼女の詩「イチジクの実」の訳を日本語で朗読する。ああ、音楽だわね、とミリヤナは目を輝かせた。控えめな喜びを分かち合って、家に戻る。桃色の猫の縫いぐるみを見つけ、妹に送ることにする。

二月六日（金）
気温が十六度にも上がる。セルビア語詩集の原稿がまとまる。水が見たかった。岸辺へ向かう。ときおり小さな船がゆきかい、太陽の恋しい人たちが散歩をしている。女の子が三輪車を走らせる……。が、理由のない悲しみに夜は眠れない。神経を張りつめてまとめる詩に、過ぎた時が立ち現れるせいか。カタリナから届いた雪割り草の鉢を、窓辺に置く。

二月十日（火）

セルビア語の詩集の原稿をスルバに届けた。『産砂ＲＯＤＩＮＡ』は、大きく手を加えた。読み終わったら連絡しよう、と言う。出版はどこも難しい。だけど詩集を編むことは大切だ。そこではじめて詩が存在するのだからね、と言った。それまでは無だ、と。

二月十二日（木）

帰り道のバスで考えていた。私の詩は翻訳詩ではない。裏と表、両方着られるセーターみたいな二つの言語の詩だ、と。あるときは日本語の言葉が、あるときはセルビア語の表現がパン種となって、光景は醱酵《はっこう》する。日本語で生まれた詩をたよりに、ふたたびセルビア語で詩を産みおとす、それからふたたび日本語に還る。それは限りのない旅の言葉。

二月十三日（金）

赤い枯葉に覆われた斜面の下に白いベンチ。駅らしいが旅客も鳥もなく静か。見つめる右眼が、別れの儀式のような接吻《せっぷん》を受け情景が失せる、鮮やかな朝の夢……。カラノビッチの詩を翻訳した。私の詩の鍵の言葉が編みこまれている。おだやか、光、瞬き、震え……。自分の内的世界、自分が触れることのできる外界、そして触れることのできない外界すなわち宇宙が、隠喩と暗喩で緊密に結ばれ、言葉の向こうの世界を暗示していた。

二月十五日（日）

浮舟……。熱せられた赤い海、それを鎮めること。願望、恐怖、欲望。そこから身を洗い清めること。信仰にも似た静寂を求める私が、雨の窓に居る。火曜日の薔薇《ばら》がまだ枯れず。

二月二十一日（土）

林檎三つ、レモン一個、パン半キロ、カラノビッチの詩集、本日のポリティカ紙、そして豚肉のトマトソース煮、百合の花……。籠に入れ、詩人ステバン・ライチコビッチを訪ねる。去年の半分くらいに、お痩せになっていた。二年間かけて、ドストイエフスキーをふたたび読み返したよ、妻のボヤナも死ぬ前に全集を読んでたなあと、本棚を見あげる。「彼の文学には、心理学が問題とするすべてが書かれている。彼がなければカフカも生まれなかった。現代の文学は、一つの時代が終わってギロチンにかけられたようなものさ。セルビア文学では、アンドリッチとツルニャンスキー、この二人より大きい文学はこれからも出ないだろう。二人はひどく異なり優劣はつけられない。林檎と梨のようなものだ……」それからカラノビッチの詩集を手にとり、声に出して読み、いい詩人だ、と、おっしゃる。抒情詩人が現れてよかった、と。蜜柑をいただき、一房ずつ味わう。部屋が香る。「力が出ない。歩けないんだ。実は、夏に四度、吐血してね……」また寄りなさいと、戸口まで見送ってくださる。空は寒く晴れ、あたたかい気持ちで電車を待つ。屋台からは焼肉の臭いが流れて、この街がこの街らしい。

二月二十二日（日）

静岡の母から電話あり。手が震える妹に、浩ちゃんは林檎を食べさせてきた。でも、母さんといっしょにいられて楽しかった、と浩ちゃんが言ったのよ……。なにか熱いものに、沈黙する。それから三時間、部屋にこもった。とうとう日本語版の詩集『秘やかな朝』の形ができる。黒のクリップで束ね、封筒に入れた。愛の詩から、形而上の世界へ、言葉の世界の向こう岸へ。ゆるやかな道を辿りながら、仄《ほの》かな光に近づくこと。仕事部屋がなごやかな空気に満ちていた。

二月二十七日（金）

マケドニアの大統領ら九人を乗せた飛行機がボスニアで墜落。詩人Dは旅を諦める。深い霧。

二月二十九日（日）

朝、腕輪の留め金が切れていた。夢を断ちきるように。左手から外す。日本の新聞を開く。国会、自衛隊派遣を承認。イラク、サマワ村、復興、修復……。窓に雪割り草が震えて……。

三月五日（金）

氷雨《ひさめ》が降りやまない。ホテルの薄暗い階段を下りてきた。濡れた傘を左手に、泣き虫のラーダは、私を見つけると、笑顔でしわくちゃになった。「カヨ、やっぱり来たんだね。きのうはあんたがいないから、心配したよ。日本のみなさんのために編み物を編む、どんなに心の支えになることか……」しっかりと抱き合う。孫娘も来た。東京の仲間を迎える準備に疲れ果てて、鉛のような体をひきずり、一日遅れでブルニャチカ・バーニャに入った。学生たちと再会し、ゴイブリャ村の四十三人のこどもは、去年よりも生き生きしている。引率の先生たちが、言った。コソボの状況は昨年より悪い、空と森の美しい村、今は茸の季節なのだけど、と。

三月六日（土）

地図を手に、チャチャック市をみんなで散策。市庁舎や図書館は王国時代の建物で、威厳がある。市場を抜け、画家ナデジダ・ペトロビッチの画廊へ。大胆な作風で近代絵画にその名前を刻んだ彼女は、バルカン戦争に看護兵として志願する。チフスを患い、死の床で描いた小さな油彩……。こどもたちはバスで村へ帰っていった。また会おうね、きっと。運転手さんが、歌うようにクラクションを鳴らした。

三月十七日（水）

空いちめん晴れわたっていた。午後、コソボ炎上。三十もの正教会や修道院に火が放たれ、新しい民族地図で陸の孤島となっていたセルビア人の村からは人々が追われ、三千人以上が新たに難民となる。

三月十八日（木）

ゴイブリャ村のミランカ先生とやっと連絡がとれた。女とこどもはフランス軍の基地に避難した。男たちは村に残り家を守る。隣村に仕事に行ったまま、戦闘で道路が封鎖されて帰れず、離れ離れの家族もある。声を聞きあい、無事を祈ることしかない。

三月十九日（金）

大学の建物に、すっぽりと網がかけられ、オペラの舞台装置のようだ。ファッサードの塗り替えが、旧市街で進む。外国からの援助、復興景気。国ごと冷酷な漁船に捕獲された、みたいだ。カラベリッチ氏の彫刻の個展。友人も誘う。女が重い石を持ち上げようとするシジフォスが好き。彼はコソボのペーチ出身。生まれ故郷が消され……。

四月一日（木）

若手の詩人で批評家のボシコビッチ氏から、詩集『ひとつの身に』を頂く。夕方は画家ドゥニッチ氏の個展。大理石の床を、ガーガーと激しい音をたてて清掃婦が機械で磨いていく。一時間も早く着き、ひとつひとつの作品の前に佇み、観ていた。内戦、経済封鎖、空爆、政変、ともに生きた同じ厳しい時間が、不安に彩られた一群の愛の物語を産みだした。

四月十一日（日）

復活祭。朝の町が、まどろむ。司祭ルカ通りの石畳で、灰緑のゴミのコンテナから、捨てられたパンの塊、まだ使えそうな衣類などを棒で引き出し、三人家族が廃品を拾い出していた。カレメグダンにある聖ペトカ教会へゆく。城壁の中に建てられた教会は、混みあっている。地下から湧き出る聖水を、自動販売機のような小さな機械からペットボトルに入れて配っていた。傍らの小さな聖堂で蜜蠟の黄色の蠟燭を点し、祈りに加わる。花を摘み、ドナウの岸辺を電車で帰った。

四月十九日（月）

菩提樹《ぼだいじゅ》の花が香る。夕方の団地のスーパーマーケットの前に、蜜柑の木箱をならべて店を出す人々。木製の杓文字《しゃもじ》やまな板、中国製のおもちゃ、手編みのレース、卵、果物、海賊版のＣＤ、ストッキング、安価な衣類など。国連制裁で会社のリストラにあった人、就職できない若者、難民となって流れて来た人、独居老人。生きるためのささやかな日銭をここで稼ぐ。野菜売りの女の人から葱を買う。疲れたから、早めに切り上げるわ、と言っていた。午前はＫ工場で働き、午後は川辺の畑にゆき、夕方、売りに立つ。

四月二十一日（水）

憂鬱《ゆううつ》な雨がやみ、晴れあがる。カレメグダンのテラスに出ると、ドナウ川とサバ川がまじわり、ふわりと水がひろがっていた。

四月二十二日（木）

S氏に詩集の原稿を届け、壊れそうな赤と黄色の電車で帰宅。揺れるたび、だらしなく開かれた鰯《いわし》の缶詰のように、扉が開く。S駅、いびつなコンクリートのホームにぺたんとすわり、ロマ人の女の子がアコーディオンを鳴らしていた。がらんとした陽だまり。

四月二十七日（火）

祝日の代休。心理学者のゴルダナの家で、女たちだけの夕食。画家のラーダ、作家のリュビツァ、それからドイツに住むアンゲリーナ。シベリアの卵と名づけられた白いサラダなど、テーブルに七種類の手料理が並ぶ。とても美味だが、デザートのケーキのほかは、火を加えたものは一皿もない。五人の女のうち、夫と子持ちは私だけで、みんなどこか秘密めいた独身生活を送る。夫とはどう出会ったのと訊かれて、反ファシズム的な幼年期の独白に口説かれたのよ、と手短に話す。リュビツァは、小説に全部書いたわ、と逃げた。次は、ラーダが昔の年下の恋人を語る。はじめ躊躇《ためら》っていたアンゲリーナは、一時間も話しつづけたろうか。ドイツ人の善き夫との出会い、そして別れ。性格異常だったの、いつも弱い女を助けていなくてはならないの。最後は麻薬患者の女の子に恋をした。救おうと思ったのね……。離婚後も友人として同じ屋根の下に住む。めちゃめちゃに男運が悪くて、もう男はたくさんね、と結んだ。私たちは誠実な聞き手だったのに違いない。さあ、今度はあなたの番ねと言うと、ゴルダナはすっきりとした右手の指で白い喉のあたりを撫でながら、「私には話すことなど何にもないのよ」と、艶やかに寂しく微笑んだ。最終電車で家に戻った。女たちは素晴らしい嘘つき。

四月二十九日（木）

コサンチッチ横丁に折れてみる。道に埋められた不揃いの石の舗道に、旧い館は並び、湿気を帯びてゆっくりと朽ちていく。ここに安い家賃で下宿人が住んだり、年金暮らしの独居老人などが暮らす。野良猫が七匹、蔦模様を彫り込んだ扉の家の前に集まっていた。二階からお婆さんがサラミを投げている。空き地が鉄線で囲まれ、五メートルほども掘り返されて、崩れた石の柱や壁を剝《む》き出しにしている。富豪が住んでいたのか。溝鼠《どぶねずみ》駆逐済の張り紙。毒が残っている。雑草が萌え、白い花が咲き、満腹した猫たちが戻ってきた。

五月四日（火）

朝の夢。見知らない映画館のような場所で催し物があり、誰かに裏切られる。ナターシャに頼まれ人々に手料理を用意したのに。午後は、英語科のスミルカに連絡する。

五月五日（水）

腹立たしい会議。最後は、若い同僚たちと劇的な退席。食欲喪失。バナナだけ……。

五月六日（木）

美容院に行く。ウロシュ帝通りの坂道を下ると廃線になった線路が残り、公園には山林檎の花が散りはじめていた。リーリャの新しい店は団地の一階、近所のやんちゃ坊主たちが、ときどき飴や水をもらいにやってくる。幾つになっても人は恋をするものね、と鋏を動かしながら彼女が耳元で御伽噺《おとぎばなし》のように囁《ささや》く。今日は近所のおじいさんのお話。寝たきりとなり介護の女性を雇うと、すっかり元気になり、床から起き上がる。そして恋をした。女性には夫も息子もある。求愛が拒まれて、おじいさんは失望した。腕を支えられて散歩するときも、愛の気持ちを圧し殺して、胸のときめきが苦しかったに違いない。百四歳で亡くなったの……。政変後、失業していた元銀行員のリーリャの夫は、パーキングに就職、夜間勤務がはじまった。彼女も店の営業時間を延長した。重税、重税。髪は茶色に染めない。

五月十六日（土）

雨、雨、雨。やっと日本語のカリキュラムを書き終える。スミルカに見てもらう。長いこと行かないうちにゼムンの町は変わった。野暮な衣料品屋はブティックとなり、居酒屋はピッツェリヤになる。でこぼこのアスファルトは消え、薔薇色のタイルが張られキャフェのテラスが路上に広がっている。磨り減った石の階段をのぼると、古びた扉が開く。元気な彼女が現れる。煤《すす》だらけの壁、彼女の家は相変わらず……。白木だったはずのテーブルは、飴色に光っていた。崩壊の時代、お茶を飲みながら、二人で話し込む。

五月二十九日（土）

ダリンカの朗読は、凛とした声だった。背筋を伸ばし、両の手を胸のあたりに組んで「詩人のモノローグ」を暗誦した。翻訳者協会の夕べの後、フランス通り七番地の文学者協会を出ると、春の雨だった。キャフェはコララッツにする。国家は個人を守ろうとはしない、それがわかったわ、とダリンカ・イェブリッチは言った。九年ぶりの再会。あの日の笑顔はそのままだけど、束ねられた長い髪はすっかり銀色になっている。かつては五万人、九九年のＮＡＴＯの空爆前のプリシティナ市に五千人は居たはずのセルビア人は、その後どんどん減って、最後の共同体となった正教会の記録では百四十五人になっていた。人口二十万の都市は、アルバニア人の町になった。三月十七日の悲劇のあと、司祭も教会を追われた。一人も残れないでしょう、と言う。空爆のあと、集合住宅から強制退去、セルビア人のゲットーとなった大学教員宿舎に住んだ。アウシュビッツみたいですって。違う。強制収容所には、スープがある。ここに、それはない。外に出たら命の保障はない。週一度、命がけで市場に行き、一週間分の食べ物を冷凍する。野菜は半年も食べてない。それでも生きている。詩はあまり書かない、集中できないから。閉ざされた生活で、言葉がキャベツの葉を剝《は》がすように、剝がれていくし……。額に深い傷跡がある。爆風で扉が吹っ飛び、その破片で傷を負い、一週間後にやっと手術を受けたの、と微笑んだ。最終バスに間に合うようにと、店を出る。のっぽのダリンカがミハイロ公通りから共和国広場へと折れていった。きょうも雨だった。

六月一日（火）

朝の警察にて、出入国ビザ申請。商売をする中国人の夫婦、ウクライナ人の踊り子らしき女性、国際機関で働くとみえるドイツ人の男女などが、十人ほど階段で列を作っていた。帰りはサラエボ通りを歩いた。ペンキも剝げた窓枠を直しもせずに小さな店を構え、黙々と仕事をつづける人たちがいる。ほとんど使う人のないタイプライターや足踏みミシンを直す店、時計の修理屋、昔ながらの駄菓子を作る店、埃っぽいショウ・ウインドウ。それと無関係に、ハイテクの電化製品を並べた店が、ちぐはぐだった。途中の坂道に、黒い制服に身を包み軍靴を履き、カラシニコフを抱えて屈強の男が二人立っている。そう、この坂の上がアメリカ大使館だ。ベオグラードの警察が厳重体制で守っている。こんなの変じゃない、私たちの国よ……。このあたりに住むボヤナの言葉を思い出す。

H旅行代理店にて、一時帰国の飛行機の切符を予約。夜気に胸苦しいほど菩提樹が香った。深い呼吸ができない。

六月二日（水）

昼間は、仕事をしながら苺のジャムを煮ていた。家中が苺の匂い。夕方、激しい雨をくぐり、三男のF高校へ面談に行く。ドナウ川にさしかかるころ、黒々した空に、大きな虹が架かった。トルコ支配下の建築の名残を残すゼレニ・ベナッツ市場は、旅の人なら立ち寄りたい風情で、商売を終えた男や女たちが、空き箱をかかえていた。校門をくぐると、先に授業が終わったサンドラが教室から出てきた。

六月六日（日）

早起きして、サンドラの住むスレムチッツァ村へ行く。神様の手が天からそっとおろしたような、白い小さな正教会だった。長男が洗礼を受けた。なだらかな丘がひろがり……。

七月一日（木）

ウイーンを経由、成田から静岡へ。台風は過ぎ去った。午後、妹を見舞う。新しい部屋の窓からは青緑の山が大きな油彩のように見える。ベッドで、しっかり熟した果物のような瞳になっていた。メロンに、ありがとうと、お腹の底からの声で言った。

七月二十五日（日）

ベオグラードに戻り、すぐに始めた『日本前衛詩　セルビアの詩との比較考察』の原稿の校正が夏を熱くしていた。三百頁程、穀物についた害虫を手で取り除くような作業。金曜日にU通りのF出版社に校正を届け、やっと一息つく。川辺で水を見た。

午後、スラビッツアの屋台に立ち寄る。梨、桃、西瓜《すいか》、メロン、ズッキーニ、トマト、胡瓜《きゆうり》……。すべての香りが混ざりあって、たまらなくいい匂い。瑞々しい色に魅され、さやえんどうを買う。「パプリカやトマト、玉葱《たまねぎ》の微塵《みじん》切りといっしょに炒めて、それから馬鈴薯を入れて弱火でくつくつ煮るの。肉を入れてもいいよ。私と嫁は肉なしが好き、男たちは肉入りのを食べる。一キロ作っても、あっと言う間になくなるね。夏の料理よ」と言った。ところで、御主人のジューロさんはどうしてる、と訊く。「知らなかったっけ。病気なの、癌《がん》でね。手術して二カ月になる。闘わなくっちゃね」

八月七日（土）

午前、静岡の弟から電話。妹永眠。居合わせた弟が浩ちゃんに連絡、間に合った。受話器を置く。深い息をして目を閉じる。

夕方、ベーバの運転でオブレノバッツ難民センターへ。まだ誰にもあのことは言わない。粉ミルクを土産に、チューパとライカの赤ちゃんのお祝いに行く。サバ川にそって三十分ほど走ると、人家もまばらになり巨大な熱プラントが現れる。バラックのすぐ前に、白と赤の煙突がそそり立つ。冬にはモクモク煙を吐き出すだろう。木の柵が投げやりに草原を囲み、壊れそうな建設労働者のバラックがある。二人の狭い部屋は、優しい色に満ちていた。簡素な戸棚で食堂と寝室兼居間が区切られている。手作りのシャーベットを御馳走になる。何が入っているかわかる、とライカ。バナナ、それとも桃。違う、メロンよ。ほんのり甘い。赤ちゃんのニコラは誰に抱かれてもにこにこ笑い、幸せに温かく、ぎっしり重たい。なんだか私たち、お婆さんになったみたい、と笑う。物干し台には、木綿の白のオムツが太陽の匂いにはためいて、猫も犬も遊んでいた。都心の建設現場で働くチューパは、毎朝三時半に起きる。帰宅は夜の八時。「正規採用になったんだ。これからは家族があるから、ふらふらできない」ときっぱり言う。「赤ちゃんができたとわかったとき、チューパは言ったの。まず最初に大きな問題を作ってしまおうよ。そうすれば、他の問題はみんな小さくなってしまうさ、ってね」とライカが微笑む。

八月二十一日（土）

ぼろぼろに疲れ果て、ブルドニックへH氏と休暇。鄙《ひな》びた湯治場。朝は、ホポボ修道院まで坂道を登った。中世、トルコ軍にコソボの地を追われたセルビア正教会の聖徒たちは迫害を逃れ、この地に修道院を開いたという。この地のしきたりに従い蠟燭を点し、死せる者、生きる者のために祈る。夕方、いきなり強い風が吹き起こり山が曇って、テラスのティーカップや原稿用紙を慌てて片付ける。嵐になった。雨の音を聞く。なんにもできない、それがいい。稲妻が空を翔《かけ》る。蠟燭の光を楽しんだ。

九月二日（木）

昨日は、出発一時間前に、やっと荷物をまとめる。ドゥニッチさんの油彩も運ぶ。画布をばらして巻き取り、筒にする。束ねた木枠を見て、まるで武器だね、と見送りのジタレビッチさんが笑った。画布のケシの赤い花に黒髪の女が横たわる。花は私たちを泣かした血のようで、女はまっすぐ空を見据えている。機内では眠れなかった。チューリッヒ経由、成田。荷を解くと、ひとりの夕食。庭の虫の声に聞き惚れる。

九月三日（金）

午後、等々力《とどろき》でバイオリンの豊嶋さんと音あわせ。明日はジュンク堂の朗読。夜のラジオがロシアの小学校のテロを告げる。私の詩集が出ると、必ず地球が血を流す。

九月七日（火）

静岡。桃色のブラウスを着てにっこり、遺影の妹が微笑んでいる。弟が来て、焼香し合掌。私の分も頼んだわよ、とおどける。夕方、バスに乗り、妹の葬儀のあった西《せい》岩寺《がんじ》へ。掃き清められた庭に白い彼岸花が咲き、お地蔵さんがいた。海が近い。潮鳴りがする。寺のあたりは、塀に囲まれた庭のある昔からの家ばかり……。帰りのバスも空いていた。落日。バス停から見る倹《つま》しい我が家の台所に、ぽおっと明かりが入った。

痕跡——ミロシュ・ツルニャンスキー

願いは
　夢のあとで
　僕の痕跡を君の身体に残さぬこと

ただ僕から持っておいき
　哀しみと白い絹を
　　ほのかな香りを……

山鳴らしの落葉に
埋もれた道の香りを

九月十二日（日）
午後四時から神楽坂のセッションハウスにてバイオリンの豊嶋さんと詩の朗読。急がず、赤城神社に立ち寄る。御神籤《おみくじ》を引く。末吉、安産と書いてある。うふふふ。

九月十六日（木）
三時半、郵便局から本を発送。あれこれの仕事も終わる。遠くには行けない。九品仏《くほんぶつ》に出た。しっとり空を染める夕焼けは本州の色だ。無数の墓標の輪郭が、黒々とする。東京で暮れなずむ空を見つめていることなど無かった。山門は閉ざされ、般舟場《はんじゅじょう》との文字があった。参道に赤い彼岸花が咲いていた。踏み切りの音に聞き入る。

九月二十一日（火）

ふたたびベオグラードの朝。旅は重かった。テラスの椅子にもたれ目を閉じると、東京の冷房に凍りついていた細胞が、太陽に溶けていく。燕がまだ帰らないでいた。本棚からツルニャンスキーの詩集を懐かしくひろげる。私の詩の血だらけの故郷。

九月二十四日（金）

昨日の冷たい雨に、燕の姿は消えた。日本語の筆記試験のあと、久しぶりのコーヒー。まだ体内に残る夏時間に、泣き出したいほど気持ちはざくざくとしている。

九月三十日（木）

口頭試験、会議、仕事が山積。タクシーで走る。団地から市場にさしかかると、運転手の携帯が鳴る。左手に携帯、右手でハンドル。「カタリーナ、お前はひどい女だ。六十日間も待っていろなんて。お前みたいな勝手な我儘女《わがままおんな》はどこにもいないぜ。聞こえるか、お前は屑《くず》だ。会いたいときにだけ会おうなんて虫がよすぎるぜ。屑だよ。呼びつければいつも俺が来るって思っているな。聞こえるか、カタリーナ……」車はユーリー・ガガーリン通りの中国人街を過ぎる。左に折れ、彼は電話を切る。そして蚤の市のあたりで、また電話する。「カタリーナ、約束の場所に二時だ。遅れたりしたらひどいぞ。俺はお前と違って嘘つきじゃないからな。聞こえるか、必ず行くからな」心底、怒っていた。好きだから怒る。愛しているから苦しむ。切ないなあ。

大学で雑用を片付けた。冷たい雨のあとの秋晴れ。午後、カレメグダンに出てみる。長い旅行は無理だから、この散歩を自分への贈り物とする。キャフェのテラスで、ギリシャ・サラダを注文する。黒いオリーブ、トマト、パプリカ、玉葱、胡瓜、白チーズをざっくり合せた素朴な食事。焼きたての黒パンとコーヒー。辛かった夏が過ぎていた。木漏れ日が、閉じた瞼《まぶた》に温かい。楡《にれ》の木の下のテーブルで、御馳走を並べ大家族が食事をとっていた。

十月一日（金）

午前十時、編集者のニコラより電話。本が完成とのこと。喜びのあまりに飛び上がる。車で編集室に駆けつけた。『死刑宣告』の恭次郎のイラストを表紙にあしらい、白地に赤と黒でキリル文字のタイトルが記されている。その後、大学で入学式あり。

十月五日（火）

ベオグラード前衛演劇祭に佐藤信監督の『マクベス』が参加してから十八年ぶり、江戸操り結城座がやってきた。十二代目孫三郎さんたち八名。今回は古典舞台。国立劇場に十時集合、打ち合わせ。床を平らにならし黄金色の布を張る作業が黙々と続く。千恵さんに頼まれ、十八年前に結城座についた舞台マネジャー、ドラガンの消息を尋ねる。写真は一九八六年の秋、アトリエ212劇場の前に、一座が集まっている。舟《せん》遊《ゆう》さんや一糸《いっし》さん、新井純さんもいる。のっぽのドラガンが、ショルダーバッグをさげ、何か問題はないかと気を配っている。サボが似合った……。劇場のミッキー氏は言った。確か、ドラガンは三カ月前に亡くなった。四十八歳、癌だった。酒を飲みすぎた。お墓は故郷のモンテネグロの村にある。劇場からは仲間がバスを連ねて葬儀に出た……。舞台の仕込みはゆっくりと進んでいる。松の木を描いた大きなパネルを設置すると、雰囲気が出てきた。黒い幕をつける作業が続く。丈が長すぎる。衣装係りが糸で縫い上げていく。千恵さんの織物のバッグにアルバムをそっと戻しておいた。

（一九八六年九月二十九日）

昨日、『マクベス』のザグレブ公演は無事に終わる。ユーゴスラビア巡演が終わった。妊娠七カ月のお腹も旅に耐えた。楽屋を訪ねて挨拶をする。素京《そきよう》さんは腰まですっぽりと隠れる藤色のセーターを着ている。急に冷え込み、雪斎《せつさい》さんが素京さんにプレゼントした。結城座を見送って、ドラガンと私の二人になった。ベオグラード行きの列車まで時間がある。さあ飲もう、とドラガンが言った。駅前の居酒屋の生ビール、彼は恋人を見送った人の寂しい寂しい目をしていた。素京さんの三味線と浄瑠璃《じようるり》で雪斎さんの操る人形のマクベス夫人が、瞳の奥に舞い続けていた。やわらかな闇を蝶が舞った。

（一九八八年十一月七日）

カレメグダン公園の前で、十一番の電車を待つ。風が冷たい。授業のあと、チビたちを保育園に迎えるのに急いでいた。電車はなかなか来ない。ミハイロ公通りから、思いがけない顔が横断歩道に現れた。「やあ、しばらく」「まあ、ドラガンじゃない」「千恵たち、元気かなあ」それからリュビシャ・リスティッチ監督の『カルミナブラーナ』を観たと言うと、「あのスペクタクルには反吐《へど》が出る。リスティッチに平手打ちを食わしてやりたい」と、険しい目をする。大合唱、コソボの民族問題を背景にしたロミオとジュリエット、ティトーの演説の録音、二十台も舞台に繰り出すナナハンのオートバイ、芝居にある虚偽をきっちり彼は見抜いた。やっと来た電車に私が乗り込む。ドラガンは手を振る。また会おうよ、あの日の微笑が瞳に戻っていた。

あれが彼を見かけた最後……。楽屋で黒テントのこと、ドラガンのことなど話した。それぞれ手が切れそうに鋭い人生の断面を抱えながら、芝居を作っていたことを知る。ホールに戻り作業が続く。音響の厳しいチェックがはじまる。千恵さんは目を閉じて腕を組みホールを移動し、立ち止まっては指示を出す。彼女が顔をしかめて何か言うと、音響のティカは通訳される前に理解して指示を出し、それが全部当たる。監督の丸さんから照明に細かい注文がつく。それから、私の席から最前列に座った千恵さんの横顔がはっきりと見えた。そして、ここにいると哀しくなるし、ちょっと外の空気を吸ってくる、とおっしゃる。通訳Dが付き添う。ミハイロ公通りまで一緒に歩く。

通りをひとりで戻った。夏の間に、老舗の古書専門の本屋が倒産、改装のためか大きな窓に薄汚れた模造紙が乱暴に貼ってある。噴水の前のベンチで白いシャツに黒のズボンの少年二人と、白のブラウスに赤いスカートのおさげの少女が、*Love me tender*をアップ・テンポで楽しげに演奏している。のっぽの少年はアコーディオン、もう一人の男の子と女の子はバイオリン。父親なのか、やはり盛装したロマ人の男がいろいろと注意する。見とれてしまう。優しく愛して、本気で愛して……。劇場に鞄を残し、何ひとつ持たず、黒いブラウスの私が通りを歩いている。あの日も玉蜀黍《とうもろこし》を焼くいい匂いがした。最初に街に来たのは七九年の十月。どこかで、あの日の私に会えそうな気がする。この地の空気が合わず、鼻血を流していたあの日の私に。

十月六日（水）

劇場はストライキに突入。五カ月の給料遅配に文化省へ抗議。この舞台だけは成功させようと劇場の裏方たちが集まる。リハーサル、そして本番。人形遣いの表情の豊かさに息をのむ。カーテンコール五回……。拍手の嵐。葡萄の火酒で乾杯。

十月八日（金）

澄んだ空から、黄金色の木の葉が降ってくる。建物の前で「二十キロ、馬鈴薯を買ったよ」と、お隣さんが話している。そろそろ冬支度、テラスのダンボール箱に、馬鈴薯や玉葱や林檎を買い置きする季節。夏を遊びほうけた次男は、試験を目前に腹痛。久しぶりに鶏と野菜をことこと煮込み、スープを丁寧に作った。ふうふう言いながら、みんなで食卓を囲む。書肆Yより著者代送で本が届いている。誰かしら。夜から雨。

十月二十日（水）

緑のドリナ川が山々を縫ってゆるやかに蛇行する。川は新しい国境、対岸はボスニアだ。車で四時間、バイナ・バシタへ。陸の孤島、朽ちていく鉄筋の休暇の家に二十一世帯が世界から忘れられていた。岩山が立ちはだかり、霧が下りてくる。庭からカヨ、と弾んだ声がする。ティヤナたちが校庭の薔薇を摘んでくれた。黒い犬がついてくる。学校は木造二階建て、床も窓も木でほっとした。十九人のこどもたちと日本へ送る自画像を描く。僕、かけない、カヨがかいてと、男の子にせがまれクレヨンを握った。瞳がくるくると真剣に動く……。それから全長三百六十五メートルのヨーロッパ一短い川まで歩いた。水は澄んで冷たく流れは速い。飛沫がドリナの水に落ちていく。

帰り、仲間とプレチャッツ人造湖に立ち寄る。水浴の季節は終わり、人の姿はない。水面にペットボトルがぷかぷか浮いていた。丘にホテルが壊れたまま建っている。壁が焦げ茶に崩れ落ちて……。迫撃砲が対岸から撃ち込まれたのだ。内戦の傷。NATOの空爆で発電所も破壊。送電施設の冷却装置の液体は発癌物質、すべて地面に染み込んだ。日本政府援助で復興作業が続く。夜遅く帰宅。鞄を開けると、薔薇の花が香った。

十月二十七日（水）

朝、郵便局の前で野菜売りのおばあさんに会う。この前、あんたを見かけた、教会で女の赤ちゃんを抱いていたね、と言った。人違いよ、赤ちゃんのいる年じゃないし、と言うと、今からでも産めるよと微笑み、空っぽの蜜柑箱を運んでいった。

（一九九八年三月二十七日）

朝、夢を見た。白い布を掛けた木箱の上に女の子は寝ていた。ゆっくりと起き上がり、私たちを見つめた。膝までの丈の紺のワンピースを着ている。襟《えり》は白のレース。髪の毛は無造作に束ねられ、愛くるしい。八歳くらいかな。お別れに来たのだ……。家が現れる。二階家だ。一階には四つ机があった。それぞれの机に行くと、長男が現れ、次男が現れ、三男とH氏が現れた。二階に行く。ここがいいと思ったら、そこにピアノが置かれていた。夢でもいい、会えたのだもの……。こどもには名前がなかった。

十月三十日（土）

薄曇り。磨かれた書斎の窓に、学生公園が広がる。樹木が空にとどきそう。作家ミハイロビッチ氏にお話を伺う。『南瓜の花の咲いたとき』の後書きを書くため。

短編「客人」に「裸の島のサンダル」という表現がある。古タイヤで作ったサンダルですよ。あなたのは選集の版だね。初版には無かったかな……。ほんとだ、無いね。あとから書き加えたのか……。そのサンダルをあの岩だらけの島の収容所で履かされていた。ベルトが素肌に食い込み、ひどい傷になる。まだ、私の足に傷が残っている、と踝《くるぶし》のあたりを右手で示した。アドリア海に浮かぶ「裸の島」の強制収容所で八カ月を過ごした。一九四八年、ユーゴスラビアはソ連に「否」と言う。コミンフォルム除名。国は緊張する。密告、互いが互いを疑う時代……。まだ二十歳にならない作家は、党を除名された仲間を擁護して投獄され、「再教育」のために島に送られた。苦労なさったのに、どうして笑顔が優しいのかと訊くと、その質問にはまいったな、と笑い出す。まいらせるのが詩人の仕事、と私。愛犬も玄関まで見送ってくれた。

十一月十一日（木）

暖かな午後、ゆったりと通りを歩く。ミラン王通り四十八番、学生文化会館。のっぽのS館長が戸棚から刷りたての本を出す。詩集『産砂RODINA』、セルビア語版が完成。鳶《とび》色の紙に刷り上った本が包まれている。手のひらに乗る小さな本は長男のデザイン。画家故モヨビッチ氏の油彩「境界の地域」を表紙に選んだ。砂と水、二つに割れた石は細い綱で結ばれていた。受領書に署名。永住権を得た、あの気持ち。

十一月二十八日（日）

すがすがしい朝陽。マーケットの前で、黒衣のおばあさんが、石畳に靴下や人参など並べて売っていた。妊婦の腹のような緑の空き瓶も……。透き通る光に、足を止める。先週は濃い紫の瓶だった。あの紫の瓶は売れたの。海のそばに葡萄畑があった。戦争で難民になってねえ。故郷はオシエックさ。この瓶の火酒はもう飲んでしまった。今は三十七平米の小さな家に家族と住んでいるの。息子の結婚の支度もしなくちゃならないし、場所もないし、売ることにした……。美しい瓶を手放して惜しくないかと訊くと、畑も家も無くしたからねと肩をすくめた。名前はボシリカさん、バジリコの意味。握手をするとざらざらと優しい手だった。書き物机の窓辺に置く。

十二月二日（木）

バニャ・ルカへ飛ぶ。真夜中の空港、青いランプが光る。ボスニアの空気が暗く湿っている。七九年をサラエボで過ごして以来、一度も足を踏み入れることがなかったこの土地……。リュビツァの家は集合住宅の四階。白百合と薔薇で居間を飾り、私を待っていた。仲間が帰ると、戸棚からきちんとたたんだ赤と黒の格子模様のマフラーと使い込んだ革の肩掛け鞄を出した。四月に五十七歳で亡くなったスレテンの形見、肺癌だった。学生時代の恋、長く生きていても愛を知らないまま死ぬ人が多い。私は幸せな女よ、こんなにも愛し合っていたんだもの……。ブランカがカヨのためにとチキンロールを焼いて届けてくれたの。明日、食べましょう……。娘のボヤナの部屋で眠る。早朝、愛犬ロディーが咳き込む声に目が覚めた。まんまるの瞳は、スレテンにどこか似ている。

十二月四日（土）

物憂げに空は重い。バスで一時間、プリェドルへ。途中、道の傍らに軍のジープが停められ、テントには赤十字の印がある。迷彩服の男が椅子に座り、退屈そうにしていた。市民から武器を回収している、とのこと。サナ川は、翡翠《ひすい》色の水を寒々と湛《たた》え流れていく。岸の草地に仲間が待っていた。ブランカだ。ベージュのフレアースカートに黒の羊のコートが似合う。きつく抱きしめる私の腕の中で、先月の初めに会ったときの半分にまで痩せていた。きちんと化粧して、身体を蝕む病と毅然と闘っている。夜は、年金会館で詩の朗読。難民のお年寄りからこどもまでが集う。土地の少女たちと荒城《こうじょう》の月《つき》を歌った。ささやかな祭り。お守りにと、ブランカに銀の指輪を渡す。

十二月十七日（金）

詩人ライチコビッチさんのお宅へ。ベルを押しても返事がない。インターフォンが壊れていると分かるまで十分もかかった。向かいの銀行から電話して入り口まで降りていただく。冷え切った空気に花も凍えた。頼まれたP紙とN紙を届ける。空爆中に綴った詩とエッセイをまとめた『ファイル一九九九年』が刊行され、記者会見を伝えた記事が載っている。暗いだろう、台所の電球が壊れて直さなくちゃ、とおっしゃる。本に署名をしようとスタンドのスイッチを入れると、電球がない。そうだ、ここのを台所に付けたんだ。電球ならお持ちしたのに……。工事の必要があるのさ……。書斎でおしゃべりする。……中国に旅をしたのは歯の手術をした詩人バスコ・ポパの代わりでね、みんな僕が党員だと思い込んでいた。党はね、戦後にすぐ脱退したよ。芸術関係の組織が党に組み込まれることになったときにね。ユーゴスラビア青年共産党同盟に入党したのは十七歳のとき、こどもだった。当時の党は地下組織だ。国はナチス・ドイツの占領下にあり、共産主義は祖国解放を意味していた……。瞬く間に、二時間が過ぎる。

十二月二十五日（土）

家で降誕祭を祝う。黒葡萄酒、スープ、鶏の丸焼き、サラダ、お菓子。ひとりひとりに小さな贈り物……。私と口論の末、三男が椅子をタイルの床にたたきつけて壊した。お腹の底から声を上げて泣いた。理由はコンピュータのサイト。なにもかも、沢山。

十二月二十六日（日）

霧の岸辺へ向かう。一人きりになりたくて。マロニエの陰から黒い犬が現れる。ネクタイのように喉の毛が白、足袋のように足の先が白。怖がらないで、悪さはしません、と白髪の人が現れた。川辺で見つけた雑種ですよ、私たちと運命で結ばれていた、でもドーベルマンとか高貴な血が雑じっているみたい、そうかなあ……。犬や猫の恋の本能について話した。生理は私の専門でね、家内も私も医者です……。二十年ほど前、車椅子の娘がいるのでこの団地の庭付きの一階に越してきましてね。あなたはここをよく散歩するでしょう。NATO空爆のときマーケットであなたを見かけると、なんか私たちほっとしたものですよ……。じゃあ、また。庭のある建物に帰っていった。

夜になる。H氏は日本へ発つ準備が終わり、テレビのニュースを見ている。同じ黒のソファで、私は書き終えた原稿に目を通していた。「大変だ、アジアで津波だ」顔を上げる。画面の高い波が、一度に何もかも飲み込んでいく。スマトラ……。

谷に響く笛——二〇〇五年

一月一日（土）

横浜からH氏の電話。年の瀬、石垣りんさんが亡くなった、とのこと。「シジミ」「くらし」などをセルビア語に訳させていただいた九二年の夏のあの声がはっきり聞こえる。少女のように艶《つや》のある声だった。まあ、セルビア語だなんて。私、読めないわ……。

一月二日（日）

写真立てはベリツァからの贈り物。妹の写真を入れた。薔薇《ばら》色のスーツ、爽やかな微笑……。書き物机に飾る。秋から読み込んできた詩を順番に翻訳。初仕事は高橋睦《むつ》郎《お》氏の「十五歳」と「無いという樹」。セルビア語に言葉が若葉の光のように響く。

一月三日（月）

友人と久しぶりに会い、コーヒーを飲む。そのあと一人、ミハイロ公通りを歩いた。吐く息が白い。市立図書館の前に、若い芸術家の屋台が並ぶ。陶器のランプ、カップ、蠟燭《ろうそく》立て、首飾り……。コバルト・ブルーの茶碗は掌に心地いい。これで黒ワインを飲むと美味いと、店主は言った。乾杯してもいい。高温で焼いてあるから割れないよ……。

家に戻って、引き出しの整理をする。束ねられた絵葉書。リボンを解くと、清美ちゃんから届いた猫の絵葉書、蔦《つた》に覆われた壁に自転車を立てかけたコペンハーゲンの写真……。そしてジュリエッタ・マッシーナの『道』の絵葉書。パリ、一九八二年九月十七日の日付。辛い気持ちのとき、気持ちが静まるように、と記されている。Kの署名。約束の次の手紙は届かず、これが最後の便りになった。ビートルズを聴いていた。

一月十三日（木）

画家トゥツォビッチ夫妻と一緒に、詩人スルバ・ミトロビッチを訪ねる。彼の句集のための水彩画に喜ぶ。思いがけない理由から、スルバ夫妻はドナウ川に近い団地へ引っ越すことになった。壁一面の本を箱に詰める作業は捗《はかど》らない。倒産した会社の解体作業みたいだろう、とスルバ。この家は、詩人たちが立ち寄る文学サロンだった……。この世に永遠はない、とセーカが言う。住居さえも旅の宿ね、と私。

その後、ミランコブたちの詩の朗読を聴きにB文化会館へ。詩人でスペイン文学の翻訳家ブランコ氏がいた。「津波は日本だけじゃなくてアジア各地で起こるんだなあ。人は死んだ。動物は助かった。先に地球の深いところから振動を聞き取り、避難した。人は動物の声に耳を傾けなくてはならない。いいかい、リズムだ。インド人が言うように、ものを観るリズムを呼吸のリズムに調和させることだ。じっくり生きる。時間の中に宝物が隠されているのさ……」ミランコブの朗読は情熱的だった。外に出る。霧に睫《まつげ》が凍りそう。家に帰ると、長男の作ったポテト・パイが天火でまだ温かかった。

一月十五日（土）

風花《かざはな》が舞う。窓からベリツァのテラスが見える。草花は枯れて、戻らぬ夫ペーツァの黄色い自転車が剝き出しになった。市場へ。キャベツの塩漬け、チーズ、米、鯖《さば》、人参、卵、鶏肉など。キオスクで新聞を買う。一面はアメリカによる経済封鎖の記事。

ハーグに戦犯を引き渡す全面的かつ無条件の協力がセルビア政府にない、という理由。テラスの窓辺で遊んでいた猫のプルキーがそっと部屋に戻る。体が冷え切っていた。

一月二十八日（金）

急に冷え込み、昨夜から雪が降りしきる。口頭試験の後、ペトコビッチ先生の研究室に寄る。声がこわばり、「右目が、見えない」とおっしゃる。いつから？　今朝から。大急ぎで、眼科医Mさんに電話、診察を頼む。無事を祈り、私は仲間とブルニャチカ・バーニャへ。雪道をバスで四時間走る。宿の部屋は凍りつき、眠れない。

一月三十日（日）

宿の前の湖は凍り、野鴨が氷を割って餌を食《は》んでいる。降りしきる朝の雪を歩くと犬がついてくる。土地の人が言った。あんたの犬かい、気をつけなさい、発情期で気が立っているからね、昨日も女の人が襲われた。教会かね、あっちが近道だよ。雪に埋もれた坂道をたどり丘に登る。町が一望に見渡せる。門の辺りに物乞いの残した小さなトランク、紙幣や硬貨に雪が降りかかる。聖堂で四本の蠟燭を点した。強い風に消えそうになる。宿に戻り会議、人の集まりの中で一人。夕方、吹雪の中を帰る。

二月九日（水）

朝、川辺を散歩。零下十九度、樹氷が光る。黒い草地に灰色の小さな動物の気配。長い尾、栗鼠《りす》だ。私に気づくと、楡《にれ》の木の幹にするする登り、高い枝に姿を隠した。

二月十一日（金）

零下十二度。K誌編集部に日本現代詩の翻訳を届ける。D図書館でキリル・タラノブスキーの『マンデリシュタムの書』を見つける。インターテクスチュアリティーについての名著。喉がひりひりとして、身体に力がはいらない。まっすぐに帰宅。

二月十三日（日）

一昨日から風邪で寝込む。ベッドでタラノブスキーを耽読《たんどく》。時代や文化や言語を自由に渡り歩く探偵のように、マンデリシュタムの詩が何に霊感を受けて生まれたかを解き明かしていく。文学のテキストとは、開かれたテキストであり、絶えず他のテキストとの関係の中で成り立つ。ヤコブソンとも親交のあったタラノブスキーはセルビアに移住したロシア人の家系。それにしても、キシュの「赤いレーニン切手」（『死者の百科事典』）は、この本から霊感を得たはず。

二月十九日（土）

昨日、また寝込む。起き出して十時、K誌編集室へ。Z編集長と翻訳をつめる。夜、かずこさんの『新動物詩集』が見当たらず、親友を失った気持ち。仕事部屋を大掃除、詩集が見つかる。よかった。書棚に、大切な詩人の書物が家族のように住んでいた。

二月二十五日（金）

F出版社に長男の就職決まる。長い長い道のあと。団地のレストランSで祝う。

（一九九九年十二月十九日）

深夜零時、長男帰宅。バスがなくて、絵画の教室から凍てついた雪道をドルチヨル区から家まで一時間半歩いたとのこと。カレーを温める。「途中で、美しいものを見たよ。蚤の市の雪の野原に壊れた車椅子が置かれていた。あたり一面が、霧なんだ……。写真を撮りたかったな」

三月一日（火）

零下十四度。ベオグラード文化会館で女優のアンドリアナと日本語の公開授業。詩のワークショップに五十三人が集まる。東京の仲間も参加。白石かずこの「鯨と話したことある？」、谷川俊太郎の「黄金の魚」、池澤夏樹の「海神」。日本語とセルビア語訳のテキストを様々な方法で群読。どちらの言語で読んでもいい。読みながら歩き、聞きあい……。みんなの声が、遠い潮鳴りのように響いた。学生たちの笑顔。

三月三日（木）

ちえこさんたちと仲間とブラーネェへ。まだ雪深い道を五時間も車で南へ。ぼやけたペンキの塀は軍の兵舎。コソボまでの境はすぐそこ……。仲間の手作りの昼食のあと、孤児院を訪ねて名前のワークショップをする。こどもたちが三十七人、親と過ごせないこどもの住処は、見えない大きな何かが欠落し、そこに手で触れられるほど強い愛の気持ちがある。輪になって自分の名前の意味を言う。新しい意味を考えてもいい。ピンクの帽子を被ったままのマリアは輪に加わらない。私の隣はアナ、小柄だけど十八歳。名前にパイナップルという意味を与える。パイナップルが描けないな。ポツポツがあって、ここに色を塗って……ほらね。

先生たちにコーヒーを御馳走になり、こどもに見送られ外に出ると、まだ裸の樹から星が降ってくる。マリアが残った色紙を返しにきた。野原の向こうの工場のような建物の窓に煌々《こうこう》と光がはいった。工場じゃない、病院だ。隣の町はアルバニア人の住むブヤノバッツ、その先はコソボ……。何かが起これぱここは戦場だ……。ルカが言った。

夕食後、ハレムルックでお茶。一四世紀、コソボの戦いに敗れセルビアは五百年にわたりトルコの支配下に入る。この木造りの館は後宮だった。窓から凍てついた月をあの娘たちも眺めたのかしら……。マリアには妹がいてね、二人は、先週初めてお母さんが生きているって知ったの、P刑務所に服役中なのよ、とゴーツァが静かに言った。

三月四日（金）

早朝、小説『汚れた血』を著わした作家ボーラ・スタンコビッチの生家へ。早く両親を失い、祖母にこの家で育てられた。高い塀に囲まれた庭、母屋の二階は機織りをした祖母の部屋と彼の部屋。赤と黒が鮮やかな手織りの絨毯《じゅうたん》、簡素な木の机と椅子。女の手で軽々と動かせる家具。心のこもったものに囲まれた時間がまだ流れている。

午後、ちえこさんたちはK援助団体の案内で難民の家族を訪ね、私たちは事務所でコソボからの避難民の女性たちの話を聴いた。一九九九年、NATO空爆のあと、六月に故郷を追われてブラーニェの体育館に収容された。一時は三千人が住んだ。一カ月が過ぎ、二カ月が過ぎ、三カ月が過ぎ、何ひとつ解決しないとわかると、私たちで当番表を作りトイレの清掃をはじめた。集団生活では衛生が一番大切よ。百人が間仕切りもなく暮らしたの。三年すぎて、外国の援助の仮設住宅へ。薄い板の壁で寒さが辛いけど。また来てね、今度は御馳走するわ……。帰りの雪道、山も野も息吹はじめていた。

三月十日（木）

気持ちのいい天気。バスから降りると先を長男が歩いている。印刷部の女の人はすごい、小さな誤植をすぐに見抜いたよ。出勤初日の帰り。Sピザ屋で巨大なピザとコーラをお祝いだ、と言って彼が買う。食堂のテーブルからはみ出しそうなほど。

三月十一日（金）

十時にK誌編集部、日本現代詩掲載号完成。十二時に大学、十三時に学生文化会館

へ、作曲家松下耕と女声合唱団アンジェリカのコンサートの打ち合わせ。十五時、N紙文化部にコンサートの資料を届ける。十六時、パン屋で遅い昼食、通りを走る車をぼんやり眺め……。仲間の事務所へ。雑務を終えると八時、坂道をゆっくり辿る。月光に石畳が濡れていた。夜、ステバン・ライチコビッチさんに電話、セリモビッチ賞のお祝いを伝えたかった。先日、詩は希望だ、とテレビでおっしゃいましたねと言うと、詩は信仰だ、と言ったんだ、まあどっちでもいいさ、今度は、いつ会おうか。

三月十二日（土）

東京から翻訳家田中一生氏を迎え、スルバとセーカの新居を訪ねる。大きなテーブルに地酒と御馳走、ランプ、壁の絵、花の刺繍の木綿のカーテン……。ミーシャ船長通りの家の匂いが引っ越している。「地下室にあった母の真鍮《しんちゅう》のベッドをスルバのにしたの……」家の隅々に彼女の少女のような工夫。孫娘ミナも来た。夫妻と田中さんは三十年以上の付き合い。外に出ると、ドナウ川から春風が吹きよせ、頬を撫でた。

三月十七日（木）

仲間の事務所へ。みんな沈んでいた。ボヤナの息子の通うS高校のニコラ君がD高校の生徒二人に殴られ昏睡状態だったが、昨夜死去。休み時間にお菓子を買いにいった間のできごと。理由のない暴力。何かが恐ろしい速さで押し寄せる。十五歳。

三月十九日（土）

深夜二時まで招待状の宛名書き、朝の郵便局から発送。十一時、J先生の車で、口腔《こうくう》外科《げか》のK先生の診察室へ。最初に下の歯茎に、次に上の歯茎に麻酔が打たれる。窓のドラセナの緑を見ている。痛みはないが触覚は残るはず、とK先生の声。J先生は助手をつとめ、手術をするK先生とおしゃべり。テニス（時間がとれなくて）、医大の学部長（学術的に響くプロジェクトを書く達人さ）、ジンジャー・クッキー（ママ・ミーヤの名物だ）、妻が総入れ歯だと気づかない夫（再婚だけどね）、K先生の赤ちゃん……。ざくざく肉が切開され腐敗したものは掻《か》き出され、喉に消毒液と血液が流れこむ。骨の周囲に粉を塗り、糸で縫い合わす。二時間が過ぎる。家に戻り倒れるように眠る。

三月二十一日（月）

J歯科医院で歯の消毒、八時に車でBギャラリーへ。ノビサドの詩人カラノビッチとボシコビッチの対談。カラノビッチはヘルダーリンを引用し、人生と詩、詩と人生について語った。会うのは初めてだけど、お互いすぐに分かった。一昨年、彼の詩を訳してから、電話で声は何度も聞いている。みんなでロシア皇帝（キャフェ）へ。何を話したろう、次から次へ、詩、こども、バルコニーの花、大嫌いな詩人、好きな詩人、ライチコビッチさんのこと……。今こそ、詩の時代だ、散文よりもね。ゆっくり共和国広場を横切り、そこで別れる。月夜。今度は、ノビサドにおいでよ。

三月二十四日（木）

十時半、Bビルの二十三階、スタジオB局へ。記者のナーダは三十分遅れる。黒い服、蒼《あお》ざめて左腕を脱脂綿で押さえている。「ごめんね、急に吐き気がして病院に寄ったの。従妹が突然、昨夜、亡くなったの。テレビを見ていて、ふっと立って倒れた。五十歳……」どんどん回りで人が死んでいく……。コンサートの予告を収録。次の取材に急ぐ彼女に訊く。あなたの五歳の息子、「思い出は眼に見えない」と言ったのだっけ。「違う、人は思い出すとき、見えないものが見えるようになる」、と言ったのよ。ミキサーの男の子に紙をもらい、急いで言葉を書き記す。小さな詩人によろしく。

三月二十六日（土）

バスでアンジェリカ合唱団とポジャレバッツへ。遅い春に、草が萌えはじめ、村は種蒔きの季節。松下さんと指揮者カタリンの率いるバリーリ合唱団の再会、合同練習。午後はペトロバッツへ。モラバ川を渡り右へ折れると、放置された軍のバラックが並ぶ。人々は待っていた。懐かしい親戚を迎えるように、たちまち人と人が輪になりさざめく。仲間が一カ月かけて住人と掃除した粗末な広間は底冷えする。朽ち果てた壁は白い布で覆った。剝き出しの木のベンチに、きらきらした眼のこどもたち、おばあさんたち、赤ちゃんを抱いた母たち、少女たち、少年たち……。座る場所がなくて立ったままの人々……。地方のテレビ局の人が裸電球を手で支えている、それが照明。

花びらのような白いドレス、四十九人の団員の歌が響きはじめる。そしてみんなが階段を下りてきて聞く私たちの中にまぎれて立ち、歌いつづけると、すべてが光の声に包まれた。「老いたる兵士の歌」をセルビア語で歌いはじめたときには、ああという声が湧きあがり、熱いものに結ばれていた。

コンサートのあと、木のベンチで折り紙を折る団員、じっと指先を見つめる男の子、おばあさんと写真をとる人たち、女の子の名前を知りたいと通訳を頼んできた若者……。お別れのとき、庭は見送りの人でいっぱいだった。古いバラックの扉の前で、おじいさんはいつまでも手を振り……。バスは、花冷えの町をゆっくり後にした。

三月二十七日（日）

正午、K先生の診療室で抜糸。夜は、学生文化会館にて、アンジェリカ合唱団のコンサート、リハーサルの準備は次男と仲間に任せる。開演、人で溢れる。抒情の力に満ちた松下耕の指揮。立ったままうっとり聞き入る人々。ベリツァも息子と来た。拍手はなかなか鳴り止まず……。

三月二十八日（月）

リュビツァから電話。「哀しいお知らせなの。昨夜、九時にブランカが亡くなった。金曜日に悪くなって……」ちょうどアンジェリカ合唱団がキリエを歌っていたとき……。ああ。

「昨年の暮れの朝、検査結果の紙をテーブルに広げブランカと夫は話し合っていた。――あなた、なぜこんなにまで私のこと愛しているの、と夫にブランカが言ったのよ……」ブルバス川の辺、信号を待つ間にリュビツァが語ってくれた、その声が聞こえた。

四月七日（木）
「健康も優れないし、会社は倒産、妻は愛人と逃げた。ついてないよ」「心配するな、もっとひどいこともあるさ。奥さんが帰ってきたらどうするね……」一九三三年の日刊紙ポリティカの笑い話さ。まだあるよ。「ひどいわ、お客の前で私をけなすなんて。みんな私が料理女だと思うわよ」「心配ない、一口食べればすぐわかる……」三〇年代から第二次世界大戦期、ポリティカ紙特派員だった父ブランコが東京からベオグラードへ送った記事をH氏は古文書で調べている。笑い話はそのついで。戦争ばかりだ。

四月十日（日）
昨日やっと、詩人の方々に手紙を添え、掲載誌を発送。長男から古い本棚を譲り受け、めちゃめちゃの部屋を整理、机の位置も変え、必要のない紙を捨てていく。片付いた部屋で机に向かい、ナスタシエビッチの詩を声に出して読む。なんという音楽。一生かかっても、訳すことはできないかもしれない。夕方は、川に向かった。山林檎の花吹雪……。西行《さいぎょう》……。猫の餌三百グラム。

四月十二日（火）
冷たい朝、ただ山林檎の花の下に立ちたかった、それだけ。昨日と匂いが違った。夜の雨で花は散り、緑が微かに薫った。果樹園の桃は咲かずじまい、と男の声がした。

四月二十七日（水）
朝の光に、燕たちの声が躍り、目を覚ます。帰ってきたね。素足のままテラスへ。空をすいすいと軽やかに舞い、長い旅の疲れも見せず、鳥の家族は巣の掃除をはじめていた。

五月二十七日（金）
空いっぱい、夏の匂い。正午、仕事を終えてミハイロ公通りに出ると、R出版の秘書、クセニアさんに出会った。栗色の長い髪を結い上げ、濃紺のプリーツスカートがよく似合う。「今ね、素敵な靴を見つけたの。心理治療として買っちゃった。いい靴の記念日、コーヒーを御馳走するわ」リューバ小父さん通りを左に折れ、キャフェの赤いパラソルの下に席をとり、カプチーノを注文した。見てちょうだい、白い箱を取り出して開くと、焼きたてのお菓子のように、真新しい靴が出てくる。モカブラウンのローヒール、リボンがついている。手にとると、注意深い職人の手のぬくもりがあった。「Bという有名なイタリアの会社だけれど倒産したようね。どこも大変な時代ね」

彼女は話をつづけた。「靴だけは、いつも上等なのを買うの。父は靴屋さんだった。腕のいい職人だったのよ。当時、ベオグラードには個人営業の靴屋はたったの二軒しかなかった。第二次世界大戦中、セルビアはナチスの占領下にあったでしょう。父はドイツの強制収容所に送られた。マトハウゼン？　なんていったかな、収容所の名前が思い出せない。ダッハウ？　ううん、頭文字が思い出せたら、きっとわかる……。とにかく、そこで靴を作る強制労働をさせられた。厳しい仕事だったけど、技術を手にした。戦争が終わり無事に生きて帰ると、お店を開いたの。アメリカに住むセルビア人の医者の夫妻からは毎年注文があって、足の悪い奥さんの靴を何足も作ったわ。降誕祭になると、父へのお礼と私たち家族にあてた小包が届くの。箱を開けるとキャンデーや、フレアースカートやレースの靴下がはいっていた。嬉しかったなあ。

一度、少女だったとき、別のお店で靴を買ったの。その靴を手にとって眺めていた父は、こんなのは靴じゃない、って言ったわ。仕事には厳しかったわね」

カプチーノを飲み終わると、クセニアさんが言った。「私の名前、日本語に訳せるかしら。誠実な女、人のために尽くす女、そして異国の女という意味なの」素敵な名前、訳を考えておくと約束、それぞれ家に急ぐ。詩集の原稿、早いうちに編集長に届けなさいね、と別れ際に言った。来週までに、きっとね……。

六月二十五日（土）

午後、ベオグラードから車で三時間ほど高速道路を南に走り、トルステニックの町に出る。さらにバスで二十分ほど、なだらかな丘を登ると、リュボスティニャ修道院が薄闇に浮かび上がった。教会は控えめで気品があり、西側のファッサードの丸い窓に施された木の葉の浮き彫りがレースのようだった。セルビア文学初の女流詩人イェフィミヤ（一三四九年―一四〇五年以後）を記念する詩の祭典に、私たちは招かれていた。

山の上は、ベオグラードより気温は五度くらいも低い。寒くないの、と仲間が心配する。薄着してきたことが悔やまれる。地上の生活から隔てられ、別の世界がゆったりと呼吸していた。僧院の庭に薔薇が狂おしいほど咲き乱れ、口数の少ない尼僧たちが神に仕えて暮す。イェフィミヤはこの修道院で半生を送ったのだった。

聖堂に入ると、ひんやりと時間が声をひそめている。数え切れないほどの祈りが、ここで神に捧げ続けられてきた。丸天井を見上げると、高い窓から暮れなずむ夏の光が注ぎ込んでくる。聖堂は、一四世紀末、ラザル・ラザレビッチ公の妻ミリツァ公妃が寄進した。壁画の聖人たちは、色あせて傷ついている。幾たびも、トルコによって破壊され、聖堂は修復されてきたのだ。

イェフィミヤは俗名イェレナ、夫ウグレシャ君公は一三七一年、マリツァの戦いでトルコ軍に破れて命を失う。幼い息子を失い、夫を失い、領地を失い、イェレナは親戚のラザル公をたよった。一三八九年コソボの戦いでトルコに大敗しラザル公が死ぬと、イェレナはミリツァ公妃とともにリュボスティニャ修道院にゆき、イェフィミヤと名を改め修道女となった。一三世紀ドゥシャン大帝の時代にバルカン半島全土を支配していたセルビア王国は、トルコによって多くの領土を失いはじめていた。

壁画を眺める私の耳元で、批評家のボヤナが囁《ささや》いた。イェフィミヤとミリツァは、この修道院からイスタンブールに出かけてトルコと外交をおこなったの。セルビアは、まだ完全にはトルコの占領下にはなく、いろいろと交渉の余地があった。国家の運命は二人の手にかかっていた。厳しい旅だったのに違いない……。

中世文学で祈りは、唯一、個人の感情をこめることができた文学の形式だとされる。宗教的な儀式や国家の政治的な思想から自由な表現形式であった。イェフィミヤは、祈りの形に、自分自身の気持ちや思いを織り込んだ最初の詩人であった。最初の詩は、一三六八年から一三七一年の間にイコンに記した「一人息子を思う悲しみ」で、アトス山のヒランダルに収められている。「哀しみはたえず私の心に燃える」と、夭逝《ようせつ》した息子を詠った。そして深紅の絹のサテン地に金糸で自らの手で刺繡を刺した長詩「ラザル公を称える」では、一四〇二年、アンゴラの戦いに出たラザル公の息子ステファンとブークたちを詠い、天国のラザル公に、息子たちのよき助言者であれと祈った。民のため、祖国のために、母として、親しきものとして、愛する人の命を詠《うた》う言葉は、筆やペンや羊皮紙ではない、糸と針と布、長い時間をかけて文字の形をとっていった。

庭で朗読を終え、和やかな夕食、リポリストという田舎に住む詩人トミスラブ・マリンコビッチと話し込む。戦争のこと、川のこと、魚釣り……。「僕は戦争には反対だった。新聞記者として厳しい立場に追い込まれ、動員され戦場に送られた。だが、一番、民族主義的で戦闘的なことを言った連中は、動員を逃れた……」今は、奥さんと薔薇の栽培を生業としている。詩集『継続の学校』は表紙に淡い緑の植物をあしらった。午前二時に就眠。ボヤナたちは朝まで、語り明かしていたらしい。

八月八日（月）

買ったばかりのサングラスに朝の空を透かしてみる。大きな鞄に、チーズ、野菜、肉、着替え、水着……。スルバとセーカの赤い車で、西の温泉バーニャ・コビリャチャへ。二〇世紀の初頭、セルビアの王家がここに保養地を作った。森にかこまれ、空気が甘い。梨の庭のある一軒家が、私たちの宿。夜は冷たい雨になった。

八月十一日（木）

セルビア語の父、ブーク・カラジッチの生家を訪ね、トゥルシッチ村に出かけた。保養所から出るマイクロバスは、良心的徴兵拒否の青年がボランティアで運転していた。山村を小川がさらさら流れていく。小高い丘に古い民家がある。玄関の石は、ここを訪ねた多くの人たちに踏まれ、角はすっかり丸くなりなめらかに磨かれている。

ブークは羊飼いの家で一七八七年に生れた。五人のこどもが次から次に死に、六番目のこどもが生まれると、両親は魔女たちの呪いを避けようとブーク、つまり狼と名づけた。ブークの少年時代は、トルコから独立しようとセルビアが蜂起する激動の時代にあたる。羊飼いの息子は、一八〇八年に開かれたばかりのベオグラードのリセーに学び、義賊カラジョルジェの蜂起に参加、一八一三年、蜂起が失敗に終わると、セルビアを逃れてウィーンに行く。間借りをしていた仕立て屋の娘アンナ・クラウスと結婚、それから次々と書物を著していく。グリム、ゲーテ、ツルゲーネフらとも親交があり、ドイツやロシアを舞台に活躍、セルビア民謡や民話を収集し記録し、辞書を編纂《へんさん》、新約聖書を翻訳したほか、文法書、正書法を定めた。貧困、重い病、こどもの死、そして戦争を背景にして、ひとつひとつ仕事はまとめられた。

この貧しい民家には、剝き出しの土間に、脚が三本のトロノジャッツとよばれる小さな椅子が置かれ、卓袱台《ちゃぶだい》にそっくりのソフラと呼ばれる低い円卓が置かれて、当時の人々の暮らしが偲《しの》ばれる。囲炉裏《いろり》を囲み、グスレという弦楽器を奏でながら叙事詩が歌われていたはずだ。コソボの戦いがこの村でも歌われていたのに違いない。窓の傍らの長持ちにブークの母は何を入れていたろう。この窓から、学問を志して村を去っていく息子を見送ったのだろうか。窓の向こうを小川は流れ、野原が光っていた。

お土産に、トロノシャ修道院で蜂蜜を買う。宿にもどる。咳き込みはじめたスルバは、なんていい蜜なんだろうと、お茶にたっぷり入れて飲んでいた。

八月十二日（金）

夕方のクチェボ山に登る。高くなるにつれて森が深くなる。第一次世界大戦の激戦地となった山。四方がどこまでも見渡せる。ドリナ川が、陽光をうけて黄金の蛇のように流れていく。川の向こうはボスニアの地で、九〇年代の内戦で多くの血が流れた。戦場はこんなに近かった。飛ぶ準備をはじめた気球を見ようと、第一次世界大戦戦没者の記念碑のあたりに人が集まっている。こどももいる。その中に、両手を失った男の人がいた。三十くらいだろうか、内戦で負傷したらしい。一人で居るが、連れがいるのだろう。気球は雲ひとつない空にふわりと浮かび、歓声があがる。気持ちよさそうに空を飛んでいく。森の中に、兵士たちが、木の精や動物になって生きている気がした。

笛――モムチロ・ナスタシエビッチ

笛よ、僕の陽気な息が
谷間に哀しく響くのはなぜ？
死んだ羊飼いたちが
君の声で　愛しい人を呼んだから？

悲哀が僕に棲みつき
空の矢が僕を傷つけ
暗い地が僕を焼き
僕の歌を涙と
血の滴で彩るから？

僕の息が流れると
消えた秘密を惜しむから？

八月十三日（土）

ああ、この家だった。坂道をのぼりつめて、右に折れるとどこか懐かしい通りに、庭のある家が並んでいる。私はこの家の前で立ち止まった。低い生垣に囲まれ、庭があり平屋で、入り口には四段ほど階段があり玄関の扉がある。誰も住んではおらず、入り口に板が針金で括り付けられ、白ペンキで家売りますと書かれ、電話番号が記されていた。小さな庭は雑草が楽しそうに茂り、葡萄が緑のかたい実をつけていた。

修理をしたら、家具などは持ち込まず、清潔な食堂と、机と椅子さえあればいい。春の終わりに来て、夏を過ごしたらどんなにいいだろう。バーニャ・コビリャチャは町の人が穏やかだし。扉は白く塗り替える。お菓子を焼き、御馳走を用意して、ベルが鳴ったら扉をひらいて友人たちを招きいれよう……。

宿にもどり、お隣のミーツァおばさんに尋ねる。「どの家のこと？　ああ、あの家ね。家の主はベオグラードで弁護士をしている。お母さんから相続したものの、手放すことにしたらしいわ。値段を聞いてあげるわ。家はそれほど傷んでいない。台所のほかに部屋がふたつ、地下室もあるのよ……」

夕方、坂道をくだりパン屋さんに向かうと、窓からミーツァさんが私を呼んでいる。ミーツァさんの台所は、贅沢なものは何ひとつないのだけど、掃除がゆきとどき、心をこめて料理をして丁寧に生きている。「四万ユーロですって。高すぎるね。もっと安い家が見つかるわよ。あんたは、私の親戚みたい。冬に泊まりがけでいらっしゃいね」

別の道を通って散歩していたら、またあの家の前に出た。家を買うなんて無理なことに違いないのに、なぜ心を動かされたのだろう……。そして、わかった。一九八一年、スロベニアのリュブリャナで四カ月過ごしたあの家に似ているのだ……。出産予定日が近づいて、一人で住んでいた学生寮の部屋を出て、H氏と仮住まいをするためのフラットを探していた。新聞広告を出しても見つからず、やっと決まったのがボドニック通り三六八番の家だった。めちゃめちゃに荒れ果てていた家は、親友のベスナと仲間が一日かけてぴかぴかにしてくれた。家の主は著名なパルティザンの報道写真家シェルハウス氏で、十五歳の息子ペテルと住んでいた。幼かった娘は予防注射が原因で亡くなり、奥さんも亡くなった。家は奇妙な三階建で、地下にはシェルハウス氏が元気すぎる愛人のメタさんと住んでいて、私たちは一階のバルコニーのある部屋、ペテルは二階に住んでいた。私たちは生まれたての長男としばらく暮らしたのだった。庭には葡萄棚があり、入り口には四段ほど階段があって、玄関には木の扉があった。私はそこに立って、友だちを迎えた……。この家に赤ちゃんが生まれてうれしいなあ、とシェルハウスさんは喜んでくださり長男の写真を撮ってくださった。

それからペテルはたった十八で結婚し、双子の娘が生まれたのだが、三つ目の冬に、電気コードを首に巻いて自殺した。ベスナが知らせてくれたけど、信じられなかった。シェルハウス氏は家を売り、集合住宅に移った。メタさんとはとっくに別れた……。

思いがけない始まりを一生懸命に受け止めようとしていた二十四歳の私が、招かれた家と庭、葡萄、ゼラニウム、お隣の親切なマリアおばさん……。それが、バーニャ・コビリャチャの家の情景に重なっていた。家に別れを告げ、宿にゆっくり戻った。

お茶を入れ、パプリカとチーズパイをテーブルに並べる。たった十日の夏の休暇が明日で終わる。夕食のあと、それぞれトランクをひらき、帰り支度を始めた。明日の朝は早いわよ。わかってる。温泉プール、よかったわね。ドイツから休暇できていたロマ人の家族の息子たちはかわいかった。泳げるようになったわ。大家のR氏も奥さんも、悪い人たちじゃあなかったけど部屋の湿気が気になったわね。この家に冬の間は誰も住まない、そのせいね。亡くなったお母さんからR氏が受け継いだ家なのだけど、お母さんの再婚相手の家だったから、どこかしら彼はこの家を愛していないみたい。愛されていない家、夏の間、お金のために貸し出される家……。彼には自分の家があるのだし、忙しいのでしょう。でもなぜ自分の家族のことを、家を借りるだけの私たちに詳しく話したりしたのかな。寂しいのかなあ。

セーカが家から持ってきたテーブルクロスをとると、古いテーブルが剝き出しになった。朝のコーヒーの赤いマグ・カップもしまう。私の部屋と二人の部屋を繫いでいた食堂に据えつけたスルバの酸素吸入器のコードは明日、はずす。

階段をおりて庭に出た。夜露が足につめたい。梨とスモモが、夜気の中でひそかに熟れていく。夏なのに、夜はセーターを着ている。手をのばせば、もぎ取れそうなほど、空いちめんに星が瞬《またた》いていた。

八月二十日（土）

大掃除をしていた。ふと本棚から本を取り出してみる。シェルハウス氏が一九九六年に送ってくださった『おはよう、動物たち』というこどものための本で女性作家との共著だった。中から手紙と写真が出てきた。団地のベンチの前で、二人の孫娘とシェルハウスさんが笑っている。赤と緑のチェックの襟巻きをして……。本をひらくと彼が撮った白黒写真の象、あひる、栗鼠《りす》、馬、猫にまじって犬たちがいた。二十五ページに少年が黒い犬を抱いて、少し上目遣いではにかむように微笑んでいる。小さかったときのペテル……。手編みのチョッキを着ている。私が彼に会ったときはもう大きかったけど、あの微笑をずっと無くさないでいたのだ。十七ページには、誰もいない市場で雨に濡れている犬の写真があった。私たちの部屋にかかっていた白黒写真……。遊びに来たベスナが、なんだか哀れな写真ね、と言ったっけ……。本を本棚に戻した。

明日は、ドナウを上る船旅に出る。野鳥たちが棲む沼地を船は通るはず。目覚まし時計を五時半にあわせる。磨きあげた窓に、夏の終わりの夕焼けがひろがっていた。

八月二十四日（水）

長男がMと結婚すると言う。疲れ果てる。赤ちゃん、住むべき場所、日々の糧……。秋のような雨になった。髪をきりにいく。東京より奏美《かなみ》さん到着、版画の搬入は土曜日。

九月八日（木）

思い切って、スカートの丈をいつもより短くした。象牙色、白いレース。十時に大学で打ち合わせ。十一時、R社でブック・デザイナーのM氏とセルビア語の詩集の校正。いよいよ、できあがる。表紙は奏美さんの版画「雨の日」、淡い桃色と緑。

悪寒……。たった一日でいい、海がみたい。画家のトゥツォビッチさんに電話、海の家を知りたくて。

九月九日（金）

トゥツォビッチさんから連絡。村で一番すてきな家が空いている、ナーダさんに電話すること。水が浅いところはあるかな、と訊く。ええっ、深いよ、岩浜だから。

九月十七日（土）

ビシニッチ通りのゴーツァのお店に立ち寄る。笑顔がふくふくのゴーツァのママが店番している。簡素なワンピースがあった。その洋服、小さくてだれも入らない、と言う。すっぽりと頭からかぶる。鏡の中の私が、半そでの少女の気持ちになっている。似合う似合う、海で着られるじゃない。外の空気に、まだ夏の光が残っていた。家に帰り、ハンガーにかける。女友達がやって来た気がして。

セルビア語訳の『斜陽』の後書きをやっと終え、F社の編集者ニコラ・ブイチッチに送る。ペトリニャ生まれの詩人。内戦で故郷を失ったが、ざらざら陽気な声は兄弟のようだ。チュバシの詩人アイギは彼の旧い友達だ。正方形のニコラの詩集を久しぶりに手にとる。

九月十九日（月）

雲の間に藍色のコトル湾がのぞく。ああ、海。飛行機は、朝のティバット空港へ着陸。独立分離をめざすモンテネグロでは、身分証明書の検査があり、通貨もディナールではなくユーロだ。激しい雨中をタクシーで海岸線に沿って次男とカクルッツ村へ。

車を降りると、潮と草花の匂いが肺にしみる。ラベンダー、フェンネル、サフラン、イチジク、石榴《ざくろ》……。植物、果実の匂いが潮の香と溶けあう。電信柱に乱暴に赤ペンキでカクルツと書いた、それが目印。石段をおりて最初の家から、ナーダさんが出てくる。

お隣のブランカさんとナタリアさんに挨拶した。テラスで痩せっぽちの黒猫がミルクを飲んでいた。ウシカ（耳）という名前。痩せすぎて頭が耳だらけだから、とのこと。船着場で日光浴をしているのはドラジャン。私たちをあわせて「村人」は六人。たった十四軒の家はどれも夏の家。昔は漁村だった。一周するのに歩いて五分、岩、鬱蒼《うっそう》と生い茂る木の枝のアーチなど……。借りた家は漁夫の家を修復したもので、家主のVさん一家はルマ市に住んでいる。緑の木の家具があたたかい。こどもの読本、釣りの本、夏の麦藁帽子、香水の空き瓶……。若い家族なのだろう。ハンガーにワンピースをかける。

九月二十日（火）

朝、テラスで朝食をとっていると、アンドレイ小父さんが通りかかる。ゆうべ、仕掛けた網を引き上げにきた。「漁はさっぱりだ。満月だからね、魚も子供をつくるのに忙しいのさ……」時折、この村だけを驟雨《しゅうう》がつつむ。丘も山も晴れているのに。
携帯電話が鳴る。R社のクセニアさんだ。詩集が出たわ、おめでとう。ええっ、海にいるの、戻ったらすぐにいらっしゃい。友人に送るように依頼。

九月二十二日（木）
快晴。地図を見て、海岸を辿り、岬の先端のロセ村へ。徒歩で二時間と聞く。ワンピースを着ていく。カクルツ村の水は深いから、水の浅い浜辺で泳ごう。水とお菓子を少し、タオルと水着を布袋に入れて肩から提げた。隣のビェリロ村では、自転車に乗った郵便夫が年金をお婆さんに届け、歌うように世間話をしている。ときどき、道路をはずれ石段を下りては村に入る。村の家にカボチャの花が咲き、グミの実が熟れ、カンナが燃え、オシロイバナが揺れる。
夏も終わりで、通り過ぎる車も人も少ない。上り坂を辿ると、分かれ道に来た。オリーブ色の軍のジープが若い兵士を乗せて通り過ぎる。兵舎が近いらしい。そういえば、ＮＡＴＯの空爆があったはず。ＮＡＴＯが劣化ウラン弾を落としたはず。ロセ岬はどちらだろう。澄み渡った空を鷗たちがざわめき旋回している。理由のない胸騒ぎ、を打ち消す。一時間半は歩いている。クラシッチ村の水浴場まで引き返そう……。

水浴場では、初老の夫婦がビーチパラソルの下で寝そべっている。サングラスの女の人が新聞を読んでいる。もう一人の女の人は、陽だまりにうつぶせになって寝そべっていた。水は透きとおり、水底の石が揺れている。ワンピースを脱ぎ、水着になる。水に素足をひたしてみる。大きな平たい岩は海藻でぬるぬるして、つるりと右足が滑った。どきっとする。もう一歩踏み出した瞬間、があんという音が聞こえ、光線が走った。後頭部を激しく打ったのだ。両手で後頭部をぎゅうっと抑えて立ち上がる。

大丈夫ですか、と女の人の声がした。ひどい音だったわ、強く打ったのね。いいえ、大丈夫、と答えたが、頭がずきずきする。両手の力をこめて、何歩か歩いた。海藻で滑ってしまって、と言うと、ここは気をつけなくちゃならない場所なのよ、この前も転んだ人がいたわ、と言う。すると、胸のあたりにたらたらと鮮血が流れはじめた。怪我をしたのだ。なんて馬鹿だったんだ。背中で、女の人の声がする。あなた、ひどい傷じゃない。大変よ。救急車を呼ばなくては。お医者さんがいたわ、呼んでくる……。石に腰をおろす。水浴の人たちが集まってくる。どれどれ、座りなさい、と水浴中だった男の人がタオルで私の頭をぎゅうぎゅうと抑えて止血をはじめた。倒れたときに、目がかすみましたか、吐き気はなかったかな……。少し縫う必要があるな、傷は石榴の実のようだね。止血を続けよう。救急車が来るわ、お水をどうぞ、と奥さんが瓶を渡してくれる。男の人の足の爪と私の足の爪が見える。男の人は、小児神経科の開業医でベオグラードから夫婦で休暇にやってきた。五年間、戦場で軍医をしていましたからね、こんな傷はなんでもない、止血を続けよう。具合はいかが、と、やはり休暇中の女医さんがアルコールと脱脂綿をもってきた。救急車が遅い……。今、来たのは脳卒中のお爺さんを病院に運んで行ってしまったよ。車でコトルの病院に急ごう、ドラガンさんに頼んだらいい。女医さんが頭に包帯を巻いてくださる。慣れた手つきでお医者さんは血まみれのタオルを海水で洗い、渡してくれる。

ドラガンさんはマーロン・ブランドによく似ていた。赤いチェコ製の車で、うねうねと山道を走りコトルに向かう。ドラガンさんはベオグラードに住んでいるが、春から秋までクラシッチ村で葡萄とオリーブを栽培している。内戦でクロアチアの海の街、プーラにあった家を失ったとのこと。アドリア海に浮かぶブリオニ島でティトー元帥の運転手を長年勤めていた。外国から貴賓客を迎えたものさ。日本からもね。皇太子夫妻もいらっしゃったな。ティトー元帥は、立派な紳士だった。今の政治家なんか足元にも及ばないね。晩年は、気候の穏やかなブリオニ島で半年を過ごした。なに、公にはまるでベオグラードにいたようにしていたけどね。ところで、ゾルゲ事件に関わったブケリッチが日本人女性と結婚した話、御存じかな……。私の夫の父親なのだと言うと、ドラガンさんはすっかり笑顔になった。

コトルの病院の庭は夾竹桃《きょうちくとう》などが茂り、イタリア映画にありそうな簡素な保養地みたいだ。病院はがらんとしていた。診察室は消毒の匂いがする。診察台にうつぶせになる。看護婦さんが手術用の緑の布で私の頭を覆う。念のため、レントゲンを撮ったほうがいいな。でも、技師はお休みですと若い看護婦さんの声がする。先生は、私に言った。もし貴女の言動に異常があったら、リサン市の神経外科にすぐに行くこと。貴女自身は異常がわからない、家族に話しておきなさい。二針縫う。あんなに沢山の自分の血を生まれてはじめて見た。ドラガンさんが先生にこの人はゾルゲ事件のブケリッチの嫁だと言うと、三十代らしい先生は、どうも私は歴史に疎《うと》くって、とゴム手袋を外した。

テラスに戻ると三時。次男は私の包帯に驚く。食堂に入ると電話が鳴った。ベオグラードの友人で、今、病院から戻ったと言うと驚いている。テラスの長椅子に横になると、急に一人ぼっちで、哀しくなって涙が溢れた。打ち所が悪ければ、死んだかもしれない。それから、やっぱりドラジャンのテラスに出かけた。

私が現れる。よかった、と、みんな喜んでくれた。テーブルに御馳走が並ぶ。黒ワイン、ビール、そして豚肉の林檎ソース煮、牛肉のマッシュルーム添え……。いつのまにか愛の話になった。結婚したい人がいるんだけど、寝室を別々にしたらおかしいかなあ、とドラジャンが言う。ナタリアさんは笑った。私の夫は家の地下に自分の部屋を作ったわ。みんな私が追い出したって言うけど……。ブランカさんはきっぱりと言った。ドラジャンさん、彼女を十分、愛していらっしゃらないのよ。私の病気がわかったとき、夫は私と別れた。人生を楽しみたい、ってね。ところが手術のあと、私が死ななかったら、四度も求婚したわ。いちばん辛いときに私を捨てた、彼とはもう二度とベッドをともにできない。別れてからは仕事に熱中したわ。愛があったらこんなに仕事に夢中にならなかったわね……。次男はギターを爪弾いている。ビリヤナさんがいい声で歌う。昨年、彼女は夫を失った。本当の愛ってあるかな、とドラジャンが言うと、ブランカさんは短く言った。人のいちばん強い愛は、お金に対する愛ね。そうかしら……。互いの顔がはっきり見えないほどに闇がせまってきて、セーターなしでは寒い。明日の晩は、うちのテラスで夕食よ、と私。それぞれが潮鳴りの中を家に戻っていった。

枕を二つ折りにして頭を高くする。不整脈がおこっている。何度か手首で脈を確かめる。何度も目が覚めた。胸がどきどきしている。

九月二十三日（金）

朝、六時起床。ティバットの町へ。クロアチアのプーラ市から招かれた芸術家たちの観光プログラムにナーダさんが私を入れてくれた。船はコトル湾を横切って、中世都市国家のペラストに向かう。同じ船でわいわいがやがや。薬、花、音楽など話が弾んだ。

船は湾を過《よ》ぎり、ペラストに着く。大理石の町は、ベネチア時代の中世の都市国家として発達し、一七世紀から一八世紀に栄えた。十八のカトリック教会と、二つの正教会がある。バロック建築の鐘楼の聖ニコラ教会が波止場の前にそびえていた。

一六五〇年、五月十五日早朝、トルコが攻めてきたとき、まず敵の兵士たちを上陸させておき、丘の上の九つの塔からつぎつぎと攻撃し、町を守り抜いたと言われる。セルビアがトルコの支配下で五百年を過ごしたというのに。敵は五千人、味方はわずか百人で二十人の女たちも戦った……。この攻撃で、五百人ほどの女子供が連れ去られたが、記録によると苦労をして取り戻したと言われる。高価な身代金を払ったとのこと。

教会の博物館には、土地に伝わるレースやドレスが展示されていた。たった一センチ四方を編むのに十日から二十日もかかると言われる細かな手作業は、今はもう受け継ぐ若い人もなく、絶えてゆく技。ガラスの向こうのレースにしばらく見入る。純白だったのだろう、今は淡い象牙色で、今は亡き女の人の指先や呼吸を感じる。

船で、向かいの小さな島に渡る。ゴスパ・オト・シュクルピェラ島だ。一四世紀、二人の漁師が海底に沈んでいた聖母マリアのイコンを見つけた。ドブロブニック派の作品で板にマリアとキリストが描かれていた。その岩礁のあたりに石を投げ入れて島をつくり教会を建てよ、と夢でお告げがあり、漁師たちがペラストから出てゆくたびに航海の無事を祈り、船から石を投げ入れた。百年ほどで、島ができたと言われ、ここにカトリック教会が建てられている。四分ほど歩けば一周できるほどの島。

教会の中の壁いちめんを、二千五百枚ほどの銀の小さなレリーフが飾っている。船や手や足など身体の一部をあしらったものだ。ペラストでは、男の子が十二歳になると、水夫として船に乗せる慣わしがあった。無事に航海を終えると、銀のレリーフを教会に奉納したと言われる。教会には一八二八年に作られたという聖母の刺繡が飾られていた。金銀の糸でマリアとキリストが描かれ、薄緑の羽の天使たちが見守っている。船乗りの妻の作品で、海に出て帰らぬ夫を待ちながら自分の髪を糸にして刺していったと言われる。最初は金髪だった妻の髪は、最後にはすっかり銀色となってしまい、天使の髪は銀髪になっている、と伝えられる。夫は帰らず、妻は死んだ。

船でジュラシッチ村へ。イカ墨のリゾットとルッコラのサラダの御馳走……。音楽家のピナさんと仲良しになった。みんなと別れ、ほろ酔い加減で岸辺を歩いて戻る。

九月二十四日（土）

ナタリアさんの運転で「青い水平線」という名前の砂浜へ。どこまでも遠浅で、澄んだエメラルド色の水が輝いていた。水は冷たいが、平泳ぎをはじめる。わあ、カヨさん、別人みたい、とブランカさん。ビリヤナさんとナタリアさんは、木陰でコーヒーを飲みながら、トランプをしている。ブランカさんは長椅子に横たわって日向ぼっこしている。しばらく泳いだあと、私はぐるりと松林を散歩した。沖を見つめるように、記念碑が建っていた。一九四五年一月、裏切り者の手によりイタリアのファシストに売り渡され殺された彼らの犠牲こそが今の平和を築いた、と記されて九人の名前が彫られていた。苗字からして一族なのだろう。老若男女、同じ日に殺された。この静かな海の村の遠い冬の殺戮。ブケリッチが網走《あばしり》の刑務所で亡くなったのも同じ年の一月……。砂浜に戻ると、ブランカさんは海を見つめていた。この背中ほど寂しいものを見たことがあったかしら。胸を打たれ、日に焼けた彼女の背中を見つめた。

夜は、ブランカさんの家で最後の「村の夕食」。シュマディィヤ地方の伝統料理。天火で焼いた馬鈴薯と豚肉。ブランカさんが言った。今日は、義理の息子の誕生日なの、電話しなくっちゃ、と。ご主人の前妻の息子さんに電話をかけた。横顔が柔らかな笑顔に輝いた。砂糖菓子のように、休暇は終わる。冷たい潮風の吹くテラスで、ウシカはスープの肉をむしゃむしゃ食べていた。

九月二十九日（木）

あれ以来、身体がゆらゆらと揺られているの、舟になったみたい……。それは、倒れたせいだ、なんでもない、強い力がかかったんだもの、と友人が言った。詩集はよかった。おめでとう。ボシコビッチの「慰めの（なき）旅」という後書きを付した。午後、神経科で検査。軽い脳震盪《のうしんとう》、たんこぶのほか異常はなし。『斜陽』、印刷に入る。

十月十四日（金）

九時より日本語の口頭試験。首尾よく終わり、教室で打ち合わせをしていると、非常ベルが鳴る。NATO空爆以来のこと。何かの悪戯《いたずら》かしら。ドアが開き、アラビア語の助手が言った。爆弾を仕掛けたという電話があった。避難するように……。今年は、もう四度目だ。爆弾が見つかったことはない。きまって試験週間……。研究室にもどり書類の整理をはじめると、Dが言った。万が一ってあるでしょう、出ましょうよ。

大学の前の通りは職員と学生で溢れた。デモやストライキばかりやっていた、九〇年代の情景が重なる。警察は黒く光るドーベルマンを校舎に放ち、検査をはじめる。みんな、携帯電話で連絡をとりあっている。試験会場にハンドバッグを置き忘れてきた学生……。仕事のあとで会う約束の仲間の姿が見当たらない。

人の海の中に、人が見つからない。まるで月夜の砂浜で、指輪を失ったように。

十月十五日（土）

鬼灯《ほおずき》のような月が、ぽおんと空にあがる。長男は家を出ていった。嵐のあとのようなざらざらな部屋が残った。窓から光が差し込み、散らかった床を照らしていた。

十月十六日（日）

パリ空港は寒々として、小雨が降っていた。無人エレベーター。一人で乗り込みボタンを押すと、一瞬、私を閉じ込める金属の空間に怖くなる。明日は成田。

十月十七日（月）

戸越《とごし》にて国文学研究集会。駅からおりて広い車道をわたると商店街で、お惣菜屋や電器屋、八百屋などが並び、右に折れると細い道に木造の家が続く。国文学研究所は、木々に囲まれてあった。村山知義《ともよし》らの前衛雑誌「ＭＡＶＯ」とセルビアの「ゼニト」について発表。会場にワルシャワ大学のメラノビッチ教授がいらっしゃる。ベオグラード大学で故ラジッチ先生の博士論文の審査委員をつとめた、一九八一年のあの日のあの声。

十月二十三日（日）

朝の八時、三四郎池を巡る。加賀の前田家が作った。思想と哲学を、水、石、草木、空に託した庭という空間……。白い軍手をはめて犬と散歩をする人が一人、二人。二十二歳で日本を離れて、秋の日本を訪ねたのはこれで二回目、紅葉は初めてのこと。池は心の文字を描いている。水に音も無く、葉が散る。ストレイ・シープ……。

それから湯島天神へ。男坂、女坂。安産のお守りを求める。こどものころに静岡で見た菊人形。屋台がならび、参拝者で賑わう。八卦見《はっけみ》が、紅色の瓢箪《ひょうたん》の根付《ねつけ》を売っていた。その口上がおもしろくて六つ買った。「あんたは来年、大変な年になるよ」と、言われた。長男は、よい年となる、夫も次男も三男も……。ならば、いいか。

十月二十四日（月）

朝の空気に、安田講堂がそびえている。小さなころ、テレビの画面で見たあの講堂、と理解するのに少し時間がかかる。傷や痛みが、ひとつもない。金属のように、びくともせぬ威厳。学生占拠、機動隊、火炎瓶、催涙弾、サイレン、放水……。あの講堂……赤門を抜けて外へ。信号を待つ。うりざね顔の樋口一葉が現れそう……。

羽田から飛行機で北海道へ。千歳《ちとせ》から列車で札幌へ。遠い丘の樹木に、はっとする。やわらかな本州の紅葉とは違う。それは荒く削ったセルビアの山の光景と同じだった。一度に空気が冷えて、木々の枝が針のようになるから、山際がぼおっと灰紫にけぶる。二十六年ぶりの札幌駅。あたりは変わった。線路の上をゆったりとのびていたあの坂道がない。豚汁が名物の、油染みた居酒屋も消えた。巨大なデパートがにょきにょき生えていた。あの古本屋だけは残っていた。北大の構内はさほど変わらないが、なんだか思ったより小さくなっていた。私の心の中でずっと大きくなっていたのに。

午後、千葉宣一先生のお宅へ。藻岩山《もいわやま》のあたり。お手紙のやりとりを十年、やっとお会いできた。中国の前衛文学の雑誌、北園克衛《きたぞのかつえ》、パリで出版された和歌集の復刻版……。棚にドナルド・キーンから贈られた花瓶、絵とちがって陶器は手にとれるから、と言ってくださったんですの、と奥様の千鶴子さんがおっしゃった。

夕方、アバンギャルドとセルビアの詩人たちについて、北大のSセンターにて話した。いつも、よれよれの露和辞典を左手に、サンダル履きでぼさぼさ頭だった大西君は銀髪の素敵な先生になった。灰谷先生は、お痩せになったが艶やかな声はそのまま。夜、居酒屋で酒を酌み交わす。店を出て、駅でお別れする。先生は笑顔で杖をついて、冬風の中に立った。時間が体内で、自由に行ったり来たりしている。ちっともかわらないな、あらどこが、おっちょこちょいのところ、まあ、ひどい……。大西君は、あの日の瞳になっていた。ほろほろと酔い、夜の空気が心地よく、しばれていく。

十一月二十七日(日)

パリ空港はテロ対策強化、靴を脱がされ不愉快。ベオグラードは、冷たい雨だった。

十二月十五日(木)

文学芸術研究所にてセルビア高踏派の詩人ミラン・ラキッチ(一八七六年―一九三八年)の研究会。ペトコビッチ教授が座長をつとめる。韻文の形式を研究しているS

さんが、戦前に出版された貴重な詩集を持っている。「市場で見つけたの。夏、野菜を買っていたら、お婆さんが屋台に本を数冊、並べている。ああっ、と驚いた。すぐにお金をとりに家にもどって買ったのよ」紙は黄ばんでいる。ミラン・ラキッチは、パリで法学を学び一九〇四年から外交官として働きながら、詩を書き続けた。ベオグラード文体と呼ばれるスタイルを築いた詩人。当時、オーストリア支配下にあったコソボのプリシティナ市に領事として駐在、一九〇八年から一一年までを過ごした。

休憩にコーヒー。『『コソボにて』の連作の七編が一番美しいですね。民族の悲劇的な運命をこえる、愛が織りこまれているから」と言うと、先生は、「愛する人と結婚したばかり、私生活では詩人が一番幸せな時でしたからね」と微笑んだ。

連作の終わりには、「詩人による注」が付され、「コソボの戦いのあと、ボジュール（芍薬《しゃくやく》）は芽生えた、と民は信じている。赤い花はセルビア人の血から、青い花はトルコの血から」、とあった。ベオグラードでは青いボジュールは見かけない。コソボ生まれの先生は、青のボジュールがある、とおっしゃって、うまく描けないけど、と紙片に鉛筆で花の絵を描いてくださったことがあった。植物学的には、違う種類かしら。

十一音からなる句を繋げたラキッチの詩の奏でる音楽。読み手は、その音楽を舌で味わう。詩人はなんども言葉を繋いではほどき、ほどいては繋げて、花輪のような詩を編んだ。訳すことができたなら、どんなに幸せだろう。「ああ、なんと美しいこの宵。ごらん、すべてを。ポプラ、菩提樹、金の髪をなびかせ、この世のものとは思われぬ月光が降る。今、草が香る野原のうえを……たくさんの血から、赤と青のボジュールが咲いた、コソボの地に咲いた……」いつか、訳せたら……。

十二月二十四日（土）

Jレストランで食事。私は一足先に店へ。B書店の前で長男とMと落ち合い、H氏が現れた。てんぷら（衣が厚い）、肉うどん（麺が少なくて汁ばかり）、朝鮮人参茶（インスタント粉末）、ちぐはぐな和食。Mに湯島天神のお守りを渡す。C通りの石畳を四人でのぼり、角でわかれた。冬の午後の陽射しがあたたかく……。

骸骨の瞳、骸骨の口――二〇〇六年

一月五日（木）

雪のブルニャチカ・バーニャに来た。治療センターMに投宿。高すぎる天井、大きすぎるレストランに、客は数えるほどしかいない。すべてが暗い。朝の超音波マッサージ五分、人の姿の消えた町を少し散歩、塩分を控えた病人の食事。硫黄《いおう》の湯につかるほかは、ベッドにもぐりこみ、ロットマンの『構造主義の詩学から』を読んで過ごす。

一月八日（日）

一晩中、庭の車の警報機が鳴りつづけ、眠れなかった。突然、ベオグラードに帰りたくなる。バスの駅に行くと本日の切符は売り切れ、翌日の朝一番を予約。宿に戻ると、スラボイカさんに会いたくなった。コソボからの難民のお婆さん。ミレニアに電話をすると、きっと泣いて喜ぶわ、と車で迎えに来てくれた。ゆっくり坂道を登ると、ブナの林がつづき、道はぬかるんでいる。おばあさんが息子夫婦と住む村だった。

建てかけの家には、お正月の匂いがしていた。手作りの胡桃のお菓子、豚の丸焼き、息子さんがもてなしてくれる。それから、スラボイカさんがやってくる。「まあ、なんということでしょう。嘘みたいだよ」と、両手をうって、お婆さんは笑顔で顔をくしゃくしゃにした。しっかりと抱き合う。「ちょうどねえ、年の暮れは心臓発作をおこして入院していたの。きのう、やっと退院したばかり。ちょっと無理がたたったねえ。仲良しの孫が兵隊に行くというから、セーターを編んでいたの」コソボ地方に伝わる昔ながらのやりかたで、ごわごわした羊の毛を手で紡ぐ仕事からはじめたのだが、右手をずっと高く上げたままの姿勢をとる。それが心臓に悪かったのねえ、とミレニアが言った。「八歳のときに母を亡くしてね、小さなときからパンを練って焼いたり、家族の守護人のお祝いには、何十人ものお客様を招くための御馳走をつくり、お皿を並べたりしたものよ。働くことが大好きなの。それにしてもよく来てくれたねえ」お別れの挨拶をして、雪が降り出しそうな冷たい空の下に立つと、スラボイカさんは、ちょっと待って、と奥から、林檎と梨の実をもってきてくださった。そして、これはあなたに、とおっしゃる。しわしわの紙包みをひらくと、中から黒の手織りの布に、赤い花と青い花を刺した、民族衣装の前掛けがあらわれた。スラボイカさんと、戦火をくぐりぬけて旅をつづける前掛け……。「きょうの思い出にね」

一月十七日（火）

夜七時、近くのお店にいき、明るい電灯の中で赤ちゃんのために買い物をする。赤ちゃんを寝かせる箱、おむつ、木綿の帽子、シャツ、熊のオルゴール……。ずっしりと重たい荷物をかかえて、家に戻る。凍った月の光の中を。

一月二十三日（月）

ベオグラードに今年はじめての雪がつもる。零下九度。猫のプルキーは、さかりがついて、いらいらしている。ぎゃおー、と歯をむいて怒ったり、私の手を引っ掻いたり。機嫌が悪く、机の上におしっこをした。詩の原稿にも……。黄色の染み、切ない恋。

一月三十一日（火）
夜、電話あり。詩人のカラノビッチさんから。とくに用事はないのだけど、声を聞こうと思った、と。声を聞きあうこと、それこそ詩。雨になっていた。

二月四日（土）
早朝、携帯電話にメッセージあり。きょうから、おばあさんになったよ。おめでとう。うわあい。歌を歌いながら一気に掃除機をかけおえ、薔薇《ばら》の花束をかかえて産院へ。名前はエマ・さとみ。夜は仲間がわいわいやってきて、ビール、ワイン、火酒。

二月十日（金）
二人の住む小さな家の二階に、エマを見に行った。ああ、おっぱいを飲みおわると、眠ってしまった。帰り道、月がさやさやと輝いていた。

三月三日（金）
骸骨《がいこつ》、骸骨……。穴ではない、それは瞳。私たちは見つめられている。穴、ではない、それは口。かつて声を発し言葉を紡いだ舌。そこから風の音を聞いた。

澄みわたった空は、冷え切っていた。吐く息が白い。Sの案内で、仲間とニーシュ市のチェーレ・クーラ（骸骨の塔）を訪ねる。塔はニシャバ川のほとり、聖堂の中にあった。四メートルほどもある灰色の塔に、骸骨が埋め込まれている。長い時間、雨、雪、風が、肉も血も髪も涙も慟哭《どうこく》も、静かに消し去っていた。漆喰《しつくい》の湿った匂い。

一八世紀の終わり、オーストリア・トルコ戦争のあと、セルビアの民は自由を渇望、トルコからの解放を悲願した。一八〇九年五月三十一日、ニーシュの町を見下ろすチエグルの丘に武勇シンジェリッチは部隊を率いて深い塹壕《ざんごう》を掘って蜂起を企てる。が、仲間に裏切られ、トルコは鎮圧のために夥《おびただ》しい数の部隊を送り込む。「天の帝国」を選んだシンジェリッチは、自らの手で塹壕の弾薬庫を爆破、部隊は自爆した。トルコの部隊も多くの犠牲を出した。四千もの民が死ぬ。トルコのフルシド・パシャは怒り、死んだセルビア兵の首を切り落とし皮と肉を剝がし綿を詰めさせ、ニーシュの町の入り口に塔を建てて首を嵌《は》めこませた。首を届けた者には、褒美に二十五グロッシュを与えた。見せしめのためだ。夜ごと、こっそりと人々は、愛する者の首をとりかえしにやってきた。手厚く葬るためだ。時が流れて、病を癒すために骨の粉を薬とする者、それを売る者なども現れ、五十六段に十七個、あわせて九百五十二あった首は、今は五十九を数えるばかりとなり、灰色にくすみ虚ろに黙して私たちを見つめている。一八七八年にセルビアはトルコから解放され、一八九二年には、風雨から塔をまもるように、死者の霊を偲びこの聖堂が建てられた、という。

午後は、ベーラ・パランカ村の難民センターを仲間と訪ねる。こども、おとな、犬。

三月十一日(土)

ミロシェビッチ元大統領が、ハーグにて死去……。様々なため息、いろいろな思い。夕方、コソボの陸の孤島となったグラーツェ村から、東京の学生たちが無事、戻る。ベスナたちと、Zの事務所にて話を聞いた。旅は次男も一緒だった。国境ではパスポート検査があり、セルビア人の村へ行くと言うと路線バスから下ろされた。運転手は怖くなって、検査が終わるのを待たずに出てしまい、次のバスを待った。

小さな橋を渡るとそこが村。二つの民族を隔てるのは、細い川だった、とメイ。アルバニア人の村に包囲され、外出も護衛なしではできぬ村の学校。教室の床にひろげた模造紙に花や太陽が咲き、笑い声が響いた。おはじき、独楽《こま》、折り紙。「帰り、少年がいつまでもいつまでも、僕らのマイクロバスを追いかけて息を切らして駆けてきた。丘のところまでくるとそこで立ち止まって、いつまでも手をふっていた」とアキ。「少年は、それ以上、走ることができなかった。その丘の家は、アルバニア人に売り渡され、アルバニアの国旗が掲げられていた。一軒でも家がアルバニア人に売られると、その村のセルビア人の家族はいずれ家を捨てるほかない。歴史はいつも国境を書き換えた。これもその繰り返しにすぎない。大きな力が小さな力を飲み込んできた。僕らには、その流れを変えることはできない。だけど……」と、次男……。

三月十六日（木）

夕方、電話。かよちゃん、私、俊子よ。ああ、俊子さん、いらっしゃったのね。日本文学研究家ラジッチ先生の妻、二十年ぶりの声は、私たちを一度にあの日に帰した。先生ご夫妻が昔住んでいたバーサ通りの地下のレストランで、二人だけの夕食。先生が五十歳でお亡くなりになると、まだ小さかった三人の息子とオーストラリアに渡り、新しい生活を始めた俊子さんは、異郷でどんなに苦労なさったろう。

ラジッチ先生は、ベオグラード大学の世界文学科に入学、俳句に魅せられ、十九歳でイギリスに渡り、そこから船でオーストラリアへ移住、働きながら中国語と日本語を大学で学んだ。一九六五年、早稲田大学に留学、演劇と文学が研究のテーマだった。「三島由紀夫の能楽に感動したの。留学中に、赤い革表紙の立派な本を三島由紀夫さんからいただいた。サインがあるのよ。大事にしているわ」とおっしゃる。優しい少女の花束みたいな人。薄い茶色のサングラスのおくで、笑顔があの日のままだった。

三月十七日（金）

大学でラジッチ先生の二十回忌を記念し、日本から先生方を招き研究集会。菊地先生が居合い術で死者の霊をなぐさめ、式が始まる。写真のラジッチ先生が、にこやかに微笑んでいる。会場は熱にみち、俊子さんやラジッチ先生の遺族も学生たちも、言葉に耳をかたむけている。講義の通訳は助手と院生たちが果たした。地域学、日本語学、江戸の和歌、『方丈記』……。紫陽花《あじさい》の鉢をご家族にお贈りした。花びらは淡い水色……。

三月十八日（土）

ドナウの川辺の町スメデレボへ、長崎先生と菊地先生と。小雨が降る夕暮れの古城に立ち寄る。古代ローマ帝国の時代の遺跡ものこる場所。今は公園のこのあたりは、かつて城下町だった。お堀が灰緑の水をたたえて、乳白色の空に聳《そび》えたつ錆色《さびいろ》の古城をかこんでいた。私たちのほか誰もいない。橋をわたり城内に入る。一五世紀、ステファン・ラザレビッチ公の時代にジュラジュ・ブランコビッチが建城。セルビア王国がトルコの支配下に入る前の中世最後の首都、それがスメデレボだ。

木造の急な梯子《はしご》を上がる。わあ、ドナウ、と先生たちが声をあげる。視界が開けて重たげな空に、川はのびていく。ふりかえると一面の平野が広がっていた。兵士は、ここで見張りに立ったのだろう。北からはドナウ川の向こう岸のオーストリア・ハンガリー帝国、南はトルコ帝国の脅威から、セルビア王国を守るために城は築かれた、と案内のトマさんが遠くを指さす。かなたは雲に滲《にじ》み、果物畑がどこまでもつづく。

機械もない昔、国じゅうの男たちが、手から手へと切り出された石を手渡しで運んで城は築かれた、ブランコビッチ公の后《きさき》イェリーナが指揮したと伝えられる。短期間で城壁が完成したのは、ギリシャ出身、呪われた女と民から呼ばれた后が、厳しかったからだ、とも。トルコの勢力は、そこまで迫り、一秒たりとも無駄にはできなかった。御覧なさい、とトマさんが、壁を叩く。この壁の厚さは四メートルもある……。

一四二八年から一四三〇年にわたって六つの塔と二つの入り口のある城壁が築かれる。ドナウ川とイェザバ川で城は守られ、さらに二つの川を繋ぐ堀をめぐらした。ここには、公の宮殿が置かれ、ドナウ川を見下ろすようにレリーフをあしらった美しい窓が開かれている。鷗が、窓に切り取られた水と空を、ゆったりとよぎる。あのあたりで、晩餐会や舞踏会が開かれたのだろう。さらに一四三〇年から一四三九年、一四四四年から一四五九年にわたって、建設はつづけられ、十九の塔が築かれた。高さは二十メートルから二十五メートル。弓矢ばかりではなく、火器を用いた戦にそなえ、大砲も用意された。城壁の門は八カ所に築かれた。その高さは六メートルもあり、どっしりと鉄が錆色に光る。小さな城の地下に迷路が張りめぐらされた。

やがてセルビア王国がコソボの戦いに敗れると、この城もトルコの手におちた。一五世紀の終わりにはトルコはさらに低い塔を築いた。トルコ支配の時代には、東洋の香りの銅細工店などが並び、イスラムの寺院もあったという。その面影はない。一九世紀初頭、カラジョルジェらが蜂起、スメデレボを解放、重要な町として栄えた。

だが、とトマさんは、ふたたび遠くを指さす。線路のあたりを見てください。第二次世界大戦中、一九四四年七月の昼下がり、占領軍だったドイツ軍の弾薬倉庫が激しい爆発をおこし、さらに連合軍の爆撃をうけて、古城は破壊されたのです。五百年にもわたるトルコ支配の下でも、凜とした姿をドナウ川の水面に映していた古城は、第二次世界大戦で破壊されたのだった。でも、この城が破壊されたことで、町の中心部の徹底的な破壊が避けられたとも言われています。あの厚い壁が破壊力をかなり吸収して和らげたから、死傷者の数が少なかった、と。

雨は激しくなる。文化会館に向かう。

四月五日（水）

Ｈ氏ふたたび母の介護で横浜へ。あのグリンピースが食べたいなあ、保育園の給食のさ、と次男。パプリカで味をつけた素朴な料理。息子たちはおいしそうに平らげた。

四月十六日（日）

夜は雨。デザイナーのゴーツァのアパートに、猫のプルキーをやっとこさっと籠に入れて（激しく抵抗、三男がなだめた）届ける。彼女の雌猫ズィズィと結婚させるため。昨日は、生まれて初めて予防注射をうけて、プルキーは微熱のため、ぼおっとしていた。籠の戸をひらくと、プルキーはじいっと彼女を見つめて、外に出ようとしない。彼女もじいっとプルキーを見つめつづけている。「あとはまかせて。きっと、うまくいく。二人一緒に同じ器から食べるし、トイレも一緒よ、見ていて」と、ゴーツァは自信満々だ。ズィズィは、カクルツ村近くの海の出身、プルキーと同じ、黄色の縞模様。

一週間前に、脳梗塞《のうこうそく》でゴーツァのお父さんは倒れ、入院している。気が許せないわ。左半身に麻痺。リハビリにはいったの。よくなるわよ、きっとよ、と私。

四月十七日（月）

試験監督をしていると、携帯電話が鳴る。「あの二人はまったくだめだわ。ズィズィがあんたのプルキーをいやがって、ひどくいじめたの」「見込みないかな」「望みなしね」夜、プルキーを迎えに行く。すっかり怯えて彼女の二十個はある衣装ボックスの裏に隠れたまま出てこない。やっと出てきたら、今度はベランダに隠れてしまう。昨日は、何ひとつ食べず、トイレも行かなかったらしい。猫クッキーを出してみたらやっと出てきたが、ぶるぶる震えていた。隣の部屋のズィズィの声が聞こえると、ベランダの柵のないところに逃げ出してうずくまる。三階だ。落下したらどうしよう。断固として籠にもどらない。ゴーツァは言った。今、おどかしたらだめよ。落ち着いて、すわんなさいよ。時計は深夜一時をまわった。「明日のCMの撮影に使うピンクのパンツの裁断していいかな」「勿論、あんたのうちでしょ」ジョキジョキ裁ち鋏の音が響く。深夜二時、三男が駆けつけ、やっとプルキーは彼の腕におとなしく抱かれた。やれやれ、年増女《としま》と童貞の結婚はかくして夢に終わる。疲れはてて、短い夜。プルキーは悲しそうにぐったりとしていた。狂おしいほど、恋を求めていた二人だったのに。

五月三日（水）

H氏の母、永眠。帰りの電車、三男から携帯電話に連絡がはいった。フリージアの花束、ゾルゲ事件、網走刑務所、……。ひとつの大きな歴史の一章が終わる。夜、写真を入れた赤い箱を取り出して、義母の写真を探した。横浜の野毛山《のげやま》動物園、ウサギ、山羊、三人の息子たち……。観覧車を背景に日傘を差して、八歳の長男と向かいあって微笑んでいる、その一枚を選ぶ。夏の日のこと……。こちらのしきたりで、新聞広告のために追悼文を書く。ブランコ・ブケリッチ未亡人、と書き添える。最期はH氏がいっしょだった。

五月四日（木）

チャチャック市にて、セルビアの詩人ディスの詩「あの女は眠るのか」の朗読。セルビアの民謡で十三韻律の詩は恋歌、婚礼歌に多いが、その十三韻律をディスは用い、夢と現、生と死、肉体と魂、愛と哲学、その境界を歌った。最も音楽的な詩と言われるこの作品の翻訳を頼まれて、それは無理と思った。だが一カ月、声に出して読みつづけ、今朝、一気に翻訳。三時間、車の中で何度も声に出して手を入れる。十三韻にあわせてみる……。「今朝、ひとつの歌を忘れた、夜どおし聞いた　夢の歌を……」

ブラディスラブ・ペトコビッチ・ディスは、一八八〇年、チャチャック市近郊のザブラチェ村に生れる。十三人兄弟の九番目、五人は幼少で病死。土地の名士の父が一八九三年に死ぬと多額の負債が残り、一家は家屋や土地を次々に手放し、生活苦に喘いだ。一九〇三年、ディスはベオグラードに出て、詩人として生きる。一九一一年、詩集『溺れた魂』を自費出版。その年に十九歳のフリスティーナと結婚、翌年に娘、翌々年に息子が生れた。一九一二年から三年、祖国をバルカン戦争の嵐が吹き荒れる。詩人は肺を病み、生活は苦しかった。一九一四年、オーストリア・ハンガリー帝国がセルビアに宣戦布告、第一次世界大戦が勃発すると、志願して従軍記者として戦地に向かう。一九一五年、スメデレボ近郊でセルビア軍はドイツ軍に勝利。十月二十九日、詩人は戦場日記にこう記す。「そこで勝利を目の当たりにした、どの勝利にもつきものの戦利品と遺体を。戦利品はゆっくりと運ばれていった、ゆっくりと死者も運ばれていった……」だが苦戦し、じきにセルビアはドイツの占領下におかれ、翌年一月、セルビア軍はコルフ島に撤退する。詩人はそこから船で記者としてフランスに向かう。フランスにはセルビアの難民キャンプがあった。パリで貧困と病に苦しむ。一九一七年五月、ディスは汽車でイタリアの南ガリポリ港に行き、コルフ島行きの汽船に乗る。

祖国に帰ろうと……。が、汽船はドイツの潜水艦に沈められ、救命ボートも転覆、詩人の遺体は水面に浮かんだが、当時の規則で水葬、ふたたび海の底に遺体は沈められた。

土地の男優の深い声の朗読を聞くと、詩の意味が鮮やかになった。音楽が映像をよび、思想をとどける詩なのだ。私はスラボイカさんの花の刺繡の前掛けをつけて、日本語で朗読した。いつか、この翻訳を磨き上げたい。ディスには、「涅槃《ねはん》」という詩があり第一次世界大戦の悲劇が深い影をおとしていた。ここにも死と生の境界線が歌われていた。コソボの女性たちも、朗読に耳を傾けていた。夜は更け、図書館の庭に出ると星が降ってきた。手のひらにうけとめられるほど。花が香った。

五月二十四日（水）

午後、研究室に残り、論文集の編集をしていた。ふと顔をあげると、あわい薔薇色の空気が白い壁を染めていた。おもわず見とれる。美しすぎて、何かを失うような……。

五月二十六日（金）

すべて返上、十二時から研究室にて、ダリボルの芥川龍之介の修論に最後の朱筆、話し合いながら、徹底的に。終わると六時。昼食がとれず、緑の葡萄を食べていた。

五月二十七日（土）

指輪のブリリアントの珠がひとつ落ちた。近所の宝石屋に直しに出す。

五月二十九日（月）

午後三時、Sから電話。「あなたの先生が朝、倒れて入院したらしいのだけど、お宅の電話に誰も出ないの。D先生が心配している」「ええっ」何度も電話を試みる。夕方の六時、奥さんのマリーナ先生が電話に出た。ペトコビッチ教授が脳梗塞……。

六月一日（木）

早朝の飛行機でポドゴリツァへ。モンテネグロのニクシッチ大学にて語学教育学会。激しい雨となる。ここは降りだすと膝までつかりそうなのよ、とユリアナが言った。夜はよく眠れない。携帯電話からD先生に連絡、命はとりとめた、とのこと。

六月二日（金）

四時半に起きる。外はまだ暗い、雨の町を散歩。人の姿はない。町は険しい山に囲まれていた。午前は「韻文の導入、ワークショップ・谷川俊太郎」を発表。「かっぱ」など楽しい詩を選んでしまった。心と身体が、引き裂かれている感じがする。

午後からは、小雨の中を、オストログ修道院にみんなで出かけた。うねうねとつづく山道は、だんだん狭まってゆき、空に樹が生い茂り、葉ごもりに雨の音を聴いた。植物もほとんど生えない断崖がたちあらわれる。そこに物静かな宝石をはめ込んだように、オストログ修道院があった。いつかは来たかったこの修道院を前に、立っている。鳥たちが、谷底から舞い上がってきて、囀《さえず》っていた。天国を啄《ついば》みにやってきたように。

仲間たちは、みんなそれぞれ思い思い、眼下に広がるゼータ川平野の畑を眺めたり、おしゃべりをつづけたりしていた。売店で絵葉書と木製の十字架を求めると、痛みに効く香油をいただいた。薬草が入っているのだろう。聖堂で蠟燭《ろうそく》に火を点し、祈る。

石段をのぼり、修道院へ入る。一七世紀にこの絶壁の洞穴につくられた聖堂は、天井は低く、狭い。自然の洞穴をそのまま使ったいびつな壁にフレスコが描かれていた。

画僧は、ここに住まいながら描いた。小さな窓には緑がひろがり、葡萄畑がつづく。のっぽで無精ひげの青年がガイド、暗記していることを棒読みにしている感じだった。

ヨバノビッチ家のバシリエは、世を捨てここにこもり、肉を絶ち、わずかな食物と水をとり、何年も神に祈りを捧げつづけ、祈りの姿のまま息をひきとった。その祈る姿の彼の影は、この石に刻まれている、ほら、御覧なさい、と青年が言う。言われてみると、十字架の形のような傷が石につけられていた。この葡萄の枝を見てください、彼が葬られた地から芽生え、今も実をつけているのです、と青年は言った。

もう一度、険しい絶壁を見上げる。敵から国や民を護る建物とは違う。王家の威厳を示すために、舞踏会の広間や豪華な寝室を用意したりした建物ではない。僧侶が祈りを捧げる、それだけの場所。自然がこの絶壁に用意した洞窟を見て、住処だと思った、そんな人があった。壁も天井も神から贈られ、ただ扉を人が加えた。聖バシリエは一六七一年に永眠、七年後に遺体は完全な形で発見され、葬られたという。トルコとの戦い、そこから離れ、神の言葉をひたすら求めた、そんな生き方があった。

石段を下りて信者たちの宿舎らしい二階建ての建物を見たときに、あっと、小さく声を上げた。まだ夏の客たちを迎える前らしく、半分開かれた扉から、パラソルやベンチが乱雑に置かれているのが見える。ああ、あの夢の建物ではないか。バスに乗る。

坂道を下りはじめると、その建物に違いない、と思った。ただ、群青の湖が見えない、川の流れもない。が、あの夢の情景だった。「一ノ瀬川」を詩に書いた、あの夜の夢の建物。

（二〇〇三年十二月二十一日）

夢を見た。その川をおりていくと、湖が広がる。湖畔を巡っていくと、砂利道の傍らに白い館があった。中には誰もいない。が、私のために誰かが用意した宿だ、とわかった。二階が私の部屋だが、木の床は磨かれたあとがなく傷みがひどい。雑然としており、何かを解体した木の細い板などが立てかけてある。椅子とか机だったのだろう。居心地が悪い。簡素な階段を注意深く下りて、館を出た。ふたたび湖畔を巡ると、左の腕に暖かな光を感じた。人の眼差しに思われたが、人の形はとらず、それは光……。

六月四日（日）

午後、S病院の受付に、フルーツティーと折鶴と修道院の香油を届ける。家族以外は面会謝絶。外から見上げると、病院の灰色の建物は大きく、どの窓なのかもわからない。その後、六時からB喫茶室でダニエラの修論の指導。『古事記』について。終わると十時を過ぎていた。外に出る。夜の風の匂い。夏が来た。それに気がつかなかった。

六月十三日（火）

日本語筆記試験。採点後、研究室にてダニエラの論文に最後の朱筆。ずいぶん構成がよくなった。正面玄関が閉まる八時が近づく。車を走らせてS病院へ。

受付でグラジオラスの花束を託そうとすると、ご自分で部屋に届けなさいと看護婦さんが言う。マリーナ先生が特別看護の病室に招きいれてくださり、先生を見舞う。品のよい家具、明るい壁、冷蔵庫、夏の日のホテルに思われた。マリーナ先生のお話をきき、最後に、隣室の先生に挨拶する。ベッドの先生は目をさまし、よくここに来られましたね、と驚く。お別れのとき、先生は右手の拳骨《げんこつ》を高くあげた。私は負けない、という合図。まだ、視力が回復していないの、とマリーナ先生。見えるようになりますよ、きっと……。外はまだ仄《ほの》かに明るくて、空は薔薇色にけだるそうだった。

七月三日（水）

朝の散歩から戻る。エレベーターで、顔見知りの女の人と一緒になる。おかっぱが痩せっぽちの少女みたい。「何階？」と尋ねると、「三階、ドイツ語ではドライね」とおっしゃる。「ドイツ語がおできになるの？」と言うと、「アウシュビッツにいたの。生きるために働かなくてはならなかったわ」三階にエレベーターが止まる。「お名前は？」「私、ラドミラ」初めて言葉を交わす。

七月九日（月）

焼かれた骨のように心が脆《もろ》くなっている。ブルニャチカ・バーニャへ旅に出た。緑の闇が道をつつんでいく。夜十一時着、小川の流れに耳が安らぐ。宿の部屋で欠けた白い茶碗に牛乳とパン、ハムと白チーズの遅すぎる夕食。窓の向こうに星の森が続き、鳥の歌を聞いた。ぼやけた色のベッドに横になると深い眠りに落ちた、死者のような。

七月十日（火）

思い立ち、朝のバスでジチャ修道院に向かう。サングラス、日焼け止め、桃色の小さな鞄だけが持ち物。バスで一時間も走れば、修道院にゆける。果樹園の村がなだらかに広がる。自動車道がゆるやかにまがり、茜《あかね》色の建物の群れが浮かび上がる。天女たちの衣のような屋根……。こんなに広い通りの近くに在って危険は無かったのか……。修道院はふつう人里離れて建てられるのがつねだ。トルコから身を護るために……。

玉砂利を敷きつめ草花を丁寧に植えた庭の中で聖堂はひそかに呼吸していた。聖所のひんやりとした空気が、時の流れをゆるやかにする。頭巾で髪を隠し紺色の地味な服を着た娘がモップで床を拭いていた。バケツを動かすときにだけ、プラスティックの虚ろな音が響く。フレスコは傷みが激しかった。細い指の手で幼子ハリストス（キリスト）を抱く生神女《しょうしんじょ》（聖母）は、顔をほとんど見せない。聖堂の木の椅子に腰掛けて、蒼穹《そうきゅう》を仰ぐとそそぎこむ光に涙が溢れ、流れるままにまかせて祈りの気持ちのまま手を組み……。

七月十二日（木）

午睡のあと、ベッドに横たわったまま、ジチャ修道院について書かれた本を開く……。

ジチャ修道院は、セルビア王国がもっとも繁栄したネマニッチ王朝の時代、一三世紀初頭に建立された。肥沃なこの地は、バルカン半島の交通の要所として海の都市国家ドブロブニクと中央ヨーロッパを結ぶ道に位置していた。セルビア王国の経済、政治、精神生活の中心としてジチャ修道院は繁栄したが、じきに興亡の歴史を辿る。一三世紀末には異教徒たちによって破壊されたが、ミルティン王の治世、一四世紀に復興され、聖堂にはイコンが描かれる。やがてトルコの支配下に入ると、大道に沿って建てられた僧院は悪しき客人に幾たびも荒らされ、一六世紀には安堵《あんど》の地を求めた僧侶たちが僧院を捨てサバ川の向こう岸に移っている。一九世紀初頭、トルコに対するセルビア人蜂起を指揮したカラジョルジェが再興。が、蜂起が失敗に終わるとまた廃墟と化した。一部が復興されるのは、第一次世界大戦のあと新しい王国が築かれたときのこと。ニコライ大主教は心を尽くし修道院を築いた。墓地、納骨堂……。が、第二次世界大戦勃発、セルビアはナチス・ドイツの占領下におかれ、ニコライ総主教は地位を剝奪されドイツの強制収容所ダッハウに送られる。一九四一年十月十日正午、東の空にナチス・ドイツ軍の爆撃機が五機襲来、修道院を爆撃……。

この知らせを収容所で知ったニコライ大主教が嘆くと、友は彼を慰めた。ジチャ修道院が傷を負うのは当然だ。この修道院は民とともに傷を負いつづけてきた。民とともに受ける傷、民のために負う傷こそ僧院の栄華、民が傷を負い苦しむときに無傷でいたら、民を欺《あざむ》き自らの過去を裏切ったことになるだろう、と……。

描かれた壁画、消し去られた壁画、そしてこれから描かれるはずの壁画……。眼に見えるものだけではない、眼に見えぬもの、たとえば時の流れを、私は聖堂で見たのだった。丘の教会の鐘が鳴っていた。水色のワンピースに着替え、森の道へ出て行った。

庭の論理——トミスラブ・マリンコビッチ

あるべきものの姿、そして、できるかぎり
続いていくものに心ひかれて
植物と庭に還ってきた

若い苗木をえりすぐり
気ままな草を根っこからひっこ抜くと
罪なき雑草の兄弟が
突然、いとおしくなった

自分の力でおいしげり、まもられるでもなく
意味と予感をもってあらわれる雑草が

七月十三日（金）
プールにロシア人の男の子がやってきた。お父さんとお兄さんと。にっこり笑うと、私の顔に水をかけた。金髪のおかっぱ、年は三つ。二人で水遊びに夢中になった。坊やを水の中で抱き、ぐるぐる回って渦巻きをつくった……。お母さんがやって来て厳しく坊やを叱った。おばちゃんの迷惑だから遊ぶのをやめなさい。お母さんの腕に坊やを返すと、坊やはぎゅっと私の手を握りしめて離さず、大声を上げて泣き出す。小さな指を一本、一本、広げるようにして私は水から上がる。私は振り向かない。泣きじゃくる声がプールにこだまする……。人は小さな時から、出会いと別れを繰り返す。別れをこんなに激しく悲しむなんて。苦しい恋のように……。はっと驚き、息を吹き返した雨上がりの樹木のような気持ちになって、体の水をタオルで丁寧に拭いていた。

八月二十四日（木）
樹木がそよぎ、緑の光の中に、詩のワークショップをおえた。ベラ・パランカ難民

センターのこどもの声の余韻……。谷川俊太郎さんをマケドニアに見送って家に帰ると、雄猫のプルキーがいない。冷えはじめた薄闇に、三男と猫を探す。家の前の草地……。あっ、プルキー、でも……死んでいた。三男の声が凍りつく。深い闇の中で前足に顔をうずめて眠っている。血も流さず、傷もなく。何も言わず家に戻る。三男は自分の部屋にこもると泣き出した。私はソファで泣きつづけた。空が裂けるほど。

八月二十五日（金）

サバ川で水葬にしてきた、と次男が言った。硬くなった身体を白い布にくるみ、人形を抱きしめるようにして、深夜の岸辺へ行ったのだった。だれも付き添わずに。

八月二十六日（土）

マリーナ先生にお電話を差し上げる。脳梗塞で倒れたペトコビッチ先生は快方に向かっている。毎朝、二人で長い散歩をしている、とおっしゃる。恋人たちみたいに。猫が死んだと言うと、「猫は最期を感じたのよ。猫には家は聖なる場所なの。だから家を離れて死ぬものなの。窓を閉めておかなかったとか、そんなこと関係はない。だれも責めてはいけないわ」と言う。こんなに猫の視線を感じるのに、彼はもういない。

十月七日（土）

早めに来てよ、テーブルのセッティングを手伝って、とセーカ。モンテネグロの生ハムとチキンロールを持っていくわ、と私……。東京より友が来る。翻訳家の田中一生さん夫妻が、輪読グループを率いて旧ユーゴスラビアを巡る旅を終え、ベオグラードに来た。旧友の詩人スルバ・ミトロビッチ宅でパーティー。画家のトゥツォビッチ、心理学者O夫妻、H氏と私、長男、田中さん夫妻と、奥さんの妹夫妻、Kさん……。

楕円形のテーブルに御馳走が並ぶ。子豚の丸焼き、アイバル（夏野菜のペースト）、カルパッチョ、白チーズ……。ワイン、ラキア（火酒）、ビール……。笑い声がさざめく。バルコニーで歓談する人……。ふっと、田中さんが見えなくなった。お疲れのようだったし。隣の部屋で、スルバの真鍮《しんちゅう》のベッドに田中さんが深く眠っている。薄紙のように体はすっかり痩せて影のよう……。毛布をかけなおす……。

セルビアの旧い唄、日本の遠い唄……。夜が更けていく。田中さんが、いつの間にか輪に戻っていた。そして言った。「みなさん、名残はつきないが、すべてに終わりがあると言うし、ここでお別れだ」黒の革のソファからスルバが立ち上がり、田中さんと抱き合う。この世でいちばん麗しい情景に見とれるこどものように、私たちが二人を囲む。織物のようなぬくもりの沈黙。

十月八日（日）

ビザンチン美術研究家ゴイコ・スボティッチ夫妻のお宅で、田中さん夫妻を囲み夕食。暖かな蜜柑色のランプの光に千寿子さんが細い指で包みをひらくと、水中花が現れる。コップに入れて水を注ぐと、茎があざやかにのび、躑躅《つつじ》色の花が咲いた。「どうしたらいいの」とイリーナ夫人がきくと、「なんにも。このままでいいの。二週間は持つでしょう」と千寿子さんの優しく控えめな声。「水中花はね、プルーストの『失われた時を求めて』の最初のほうにも出て来る。オリエンタリズムの時代だったからね」と田中さん。私たちは、花をしばらく見つめていた。チーズとズッキーニのオーブン焼きが湯気をたてる。田中さんは、あまり食べられなかったけれど。

外は、冷たい風になっていた。Ｒホテルまで夫妻をお見送りし、そこでお別れした。

軽くて小さいが麗しいもの――二〇〇七年

一月三日（水）

お正月の挨拶に、H氏と二人でスルバとセーカを訪ねる。ジチャ修道院の茜色の絵葉書を持っていく。部屋に入った瞬間、不吉な臭いが幽かに鼻をついた。掃除がゆきとどき、清潔が保たれている。それでも、部屋に流れる臭い……。セーカが台所に姿を消すと、H氏に日本語で囁《ささや》く。スルバのこと、ずっと知っているからわかる。いやな臭い、病とか死の。こんなこと今まで一度もなかったのに……。頭を強くふり、悪い予感を振り払う。この絵葉書で田中さん夫妻に新年の挨拶を書こうよ、とスルバが言った。「親愛なる友よ、君は病と闘っているね。だけど、君はひとりじゃない。素晴らしい家族がある。奥さんと子供たちと孫娘。僕も病と闘っているが、僕にも家族がある。二歳になる孫のミナは僕の女医さんだ。彼女を見ると元気になるよ。くれぐれも体に気をつけたまえ。君の友スルバより」四人の筆跡が絵葉書に並んだ。勢いのいいスルバ、まるっこいセーカ、精密なH氏、ちまちまの私。

一月十八日（木）

ブルニャチカ・バーニャで休みを過ごす。ボイスラブ・カラノビッチの詩集を読んでいる。「地球の子」、「祈り」、彼の瞑想詩に心を囚われて……。統一選挙が終わる。何の思想も示さぬ恐ろしい時代の到来。あらゆる理想が敗れ、拝金主義、米帝……。

一月二十八日（日）

料理をしていると、携帯電話が鳴る。「スルバが入院したの。あなたにだけ会いたいって。時間があったら連絡して」と、セーカ。「ええっ、すぐ行く……」突然のことに花束もなく、クリスマスの飾りから、緑の羽の小さな天使をお土産に持っていく。

病室は相部屋。どこか記憶を失った中年の女性、孤独なお婆さん……。若いほうの女が嘔吐している。スルバは壁の機械からのびる透明の管に繋がれていた。ベッドから起き上がり、にっこりした。ベッドに坐りなさい、とセーカが私に言う。大きな彼女が小さな椅子に坐り、彼と向かい合う。彼をじっと見つめ、五十年も一緒ねと言う。

四十九年だ、とスルバは真面目に反論。違う、五十年よ、とセーカも負けない。まあ、どうでもいいが、なんにもなかったね、とスルバ。なんにもなかった、ですって、とセーカ。私は初めて、見つめあう二人の横顔を見た。美しかった。

緑の天使の人形にスルバは童子のように喜んだ。「カヨ、あなたはいい人だ。いい人は人生に辛い思いをする」と言ったそのとき、私は泣きたかった。こんなこと、一度も話したことなかった。「そう言えば、あなたの指導教官はどうしている。なんていったっけ、ペトコビッチ教授……。彼はいい人だ。僕からよろしく伝えてね……」

病室を出て、車を駐車した橡林《とちばやし》に向かう、赤い夕陽を背に。ぬかるんだ泥の道に靴がとられる。「きっとよくなるわ。彼のプロテストよ、あなたが出張していたから……」

二月一日（木）

朝、台所で紅水晶のブレスレットを落とし、粉々にする。じきに電話が鳴る。セーカだった。嘘、嘘、嘘よ……。スルバが死んだ……。文芸雑誌編集部、セルビア文学協会、友人たちに連絡。そして部屋にこもった。今こそ詩のとき。彼に捧げるために。

二月五日（月）

礼拝堂には人々が集まっており、花束に埋もれるようにスルバの棺が置かれていた。十字架に記された「スルバ・ミトロビッチ（一九三一年―二〇〇七年）」の文字に泣き崩れ、仲良しの詩人ターニャ・クラグエビッチに抱きかかえられる。彼に捧げた詩の連作を読み終える。水のように音楽は流れつづけ、船のように棺が花の海に沈んでいった。

絵――ボイスラブ・カラノビッチ

わかっている、人生なんか無いと
はっきり、わかっている

だが僕が書いたのは
まさに
無き人たちの
ため

ある瞬間
だれかが僕の詩を
自分のことのように感じ
その絵を楽しみに
自分を見つけ

次の瞬間には僕を
見つめるだろう
どこか雲のあいだから
悲しい眼をして

そして今、人は絵そのものになる
雲の絵、まなざしの絵、自分自身の絵になる

三月九日（金）

ちえこさんたちとコソボの難民女性が編んだ帽子と手袋をクルシェバッツ市の孤児院のこどもたちにとどけ、帰りはビタノバッツ難民収容所に立ち寄る。建物はさむざむ荒《すさ》み、疲れた空気が淀む。女の人がコーヒーでもてなしてくれた。男の子は、小さな声で挨拶したけれど、台所の大きな鍋の前でじっと坐ったままだ。鍋で何かがぐつぐつと煮えている。ちえこさんたちは折り紙で鶴を折りはじめた。水がない、どうしたら水道がひけるか……。みんな歯が抜けて、疲れていた。重たすぎる気持ちを抱えて、ベオグラードに向かう。果樹園にいちめん白い花が咲き乱れていた。

九時過ぎに帰宅、旅での出来事を一気にまくし立てる私を、H氏は制した。君は坐るとか、できないのかい、まあ、坐れ。むっとする。椅子に坐る。と、言った。今日の正午すぎに田中さんが亡くなった。……。胃癌《いがん》、享年七十一歳。わが師を失った。

（一九七九年九月二十一日）

田中一生さんを多摩に訪ねた。初めて会う私を奥様と二人でもてなしてくださる。娘の志奈ちゃんが手袋を編んでいる。女兄弟が四人、末っ子の田中さんは編み物が得意ときいた。「先生はよして。田中さん、そう呼んでよ」隣の仕事部屋で、デサンカ・マクシモビッチという女流詩人の詩「おののき」をクリーム色のカードにタイプで打ってくださった。「暗記するといい。向こうでいろんな人に出会って暗唱できたら、きっと喜ばれる……」それは仄かな恋の詩だった。

空には、こどもが放り投げたような満月がかかっていた。坊やの伊織くんと田中さんが、停留所まで見送ってくださる。バスがやってきた。私は乗り込む。最後の席から、手を振る。ユーゴスラビアに出発まで、あと十日。奇しくも宮沢賢治の命日。

（一九七九年二月四日／札幌西区アカシア荘）

雪。ユーゴスラビア大使館から下宿に小包が届く。ユーゴスラビア関係の書物が入っていた。静かな興奮。アンドリッチの『ゴヤとの対話』、田中一生訳。「お伽噺《とぎばなし》の中には真正な人類の歴史があり、よしんば完全には発見されないまでも、お伽噺から人類の意味が予感されるのです……」裸電球の明かりの下で、声を出して読んでいた。

三月三十一日（土）

サバ川とドナウ川の水がひとつになるあたり、ウシチェに友人たちが集まった。船のレストランHの甲板は、冷たい風が吹いていた。岩田先生が東京から携えてきた田中さんの遺骨の一部がビニールの袋に入っていた。鉱物や薬品の見本のようだった。「これは物質、しかし同時に彼の魂なのです」と先生がおっしゃる。袋から半分はH氏の手のひらに、半分は先生の手のひらに分けられ、川面に田中さんの遺骨が風を舞い、緑の水の光に流れていく。紫、橙、赤、白……。花々を私たちは、水に投げ入れた。骨はところどころ雀斑《じやくはん》色の斑点があり、花弁、風花、卵の殼、貝殻、星屑、化石、小石、砂……軽くて小さいが麗しいものに似ていた。やがて私たちの視界からすべてが消える。風に田中さんの優しい声を聞いた。翻訳とは、詩。そう、翻訳家とは詩人。小さな言葉ひとつひとつに心を捧げつづけること、言葉によって人と人をむすびあわせること。

四月一日（日）

朝、五時。群青の空に満月が光っていた。こどもの光の鞠《まり》を天使がうけとめて……。

五月七日（月）

春空が明るい聖ジュルジュェ祭。正午、携帯電話に友人から電話、ステバンさんがお亡くなりになったよ。

ステバンさんの葬儀。ベオグラード新墓地、鳥たちが新緑の梢をわたる。親類、友人、詩人の仲間たちが集まった。ニューヨークから息子一家、ミロシュとミワコがこどもと参列。俳優Sが、「石の子守唄」を朗読、深く掘られた穴に棺がゆっくり下ろされる。最後の言葉は「灰皿をおくれ」だったと、ミワコさん。午後は、親しかった仲間たちが、ステバンさんの居間と書斎に集まる。女医のミラ先生がおっしゃる。あなたが届けたお花だからと誰にも捨てさせなかったのよ。すらりと透き通った花瓶に乾いた花が一輪、アリガトゥムだった。

あきらめないでください――二〇〇九〜一二年

二〇〇九年五月

保育園のあと、週一回、エマが我が家にやってくる。居間に積み木を並べて柵を作り、狼と羊ごっこをH氏とはじめた。台所で魚を焼く前に、お魚をエマに見せると、エマは「お魚、なぜ焼くのか知ってる? お魚さんがね、寒いから暖めてあげるのよ」と言う。むこうのお祖父ちゃんは、湖で魚を採る。魚を焼くときに、そう説明しているらしい。小熊秀雄に「焼かれた魚」というお話があったっけ。

二〇〇九年七月

ベオグラードから南へ車で三時間半ほど。オウチャル・バーニャを訪ねる。深い灰緑の濁流がモラバ川を流れていく。十五年前にこの道を通ったのを思い出した。あれは冬の日のこと……。

（一九九四年二月）

内戦と国連経済制裁、国が閉ざされている。通訳の仕事で、セルビアの南へモラバ川に沿って車は走る。冬の朝、道から遠く離れた山の上に集落が見えた。トルコの攻撃を恐れ、セルビアの村は道からはずれたところに発達した。貴族階級なども形成されなかった。オパンケという皮の紐を編んだ農民の靴が、この土地に生まれた靴の伝統……。靴職人たちはヨーロッパから技を学んだ。須賀敦子さんの記したイタリアの貴族の靴職人を思い出す。ヨーロッパの辺境へ、私は日本語をトランクに入れて移り住んだのだと悟る。移り住む土地の歴史によって、書くという生業の主題が変わる。それは母国を離れた移民作家の運命……。川の深い緑の水を見つめながら、私にしか書けないこと、私が書かなくてはならないことがある、と思った。

二〇〇九年七月

高速道路を外れると田舎道で、水嵩《みずかさ》の増した川には錆びた鉄橋が架かっていた。朽ち果てた板がいくつも抜けているから、慎重に渡る。向こう岸は、沼地のようで、水に草花が光っていた。鳥が澄んだ声で鳴く。そそり立つ岩山の影に人目を避けるようにカジェニツァ鍾乳洞はあった。険しい坂道を登り、背をかがめるようにして中に入る……。

一九世紀、民族国家の思想が広まると、セルビア各地でトルコからの解放運動がはじまる。一八一六年、ハジ・プロダノブも蜂起。村人たちの兵力はトルコの軍勢には及ばない。女や子供、病める者や老いたる者が、光の届かぬカジェニツァの洞窟に入り、息を殺して身を潜めた。男たちは村を守る。モラバ川の水には小さな音も響きわたる。伝説によれば、このとき洞窟の子供が泣いた、母親にはなだめられなかった、という。声を聞きつけたトルコ軍は、洞穴を探しあて、洞穴の入り口を塞ぎ、火を放った。

洞窟から白骨が無数に発見されたのは一九四〇年、遺骨は石棺《せっかん》に収められ洞窟に小さな礼拝堂が作られた。石棺は苔むしている。

洞窟を出た。夏の日は長く夕暮れはいつまでも明るい。帰り道、ふたたび鉄橋を渡る。第二次世界大戦、セルビアはナチス・ドイツの占領下にあったが、この鉄橋は当時のブルガリアの親ナチ政権が築いたものだと案内のG氏。川の囁《ささや》きに、蟬時雨《せみしぐれ》が重なる。ある村の神父の言葉を思い出した。「死後にも命がある。善き魂はいい香りを放つ」と。カジェニツァ鍾乳洞の薄闇は、清らかな魂に香るのだ、と思った。沖縄のひめゆりの塔を想った。

コソボの空爆で、劣化ウラン弾を投下したイタリアの兵士たちが白血病にかかり、NATOを訴えたというニュースが報じられる。劣化ウラン弾を落とされた土地には、訴えることもできず、死んでいく人々がたくさんいる。

二〇〇九年八月

デスポトバッツの夏の芸術祭、図書館で朗読。まだ明るいうちに町に到着。文化センターの自動車で、レサバ鍾乳洞をたずねた。案内の若い女性が、鍾乳石が一立方センチ形成されるのに、千年から二千年かかると言う。人間の歴史は、石の一粒の涙にすぎない。象牙色の鍾乳石に飾られた空間に立ち、壁を眺める。鍾乳洞はこれが三度目。最初の詩集『鳥のために』に収めた詩が生まれたのもここだった。

二〇〇九年九月

スミルカに会いにいく。ドナウの川辺の建物の二階、大きい木のテーブルを囲み、お茶を飲み、とりとめないおしゃべり。

内戦が激しかったころ、セルビア人居住区となった戦場のペトリニャの教育大学へ英語の集中講義に通っていた。そのころの話になる。

旅そのものが危険を極めた。深い雪道から車がゆっくりと三回転して畑に落ちたときのこと、心が不思議なくらいに安らかだったわ、と言った。死が隣り合わせだったのに、何かに守られていたのね。大学にはコピー機もなかった。図書館も小さい。朝、宿舎から教室に向かうと、学生の声がする。授業に使うチョーサーの『カンタベリー物語』を一人が音読して、他の学生たちは輪になってノートに書き取っていた……。心を動かされたわ。居住区はクロアチア領となり、大学も無くなり学生たちは他の土地へ去った……。あれから二十年の歳月が流れている。

二〇〇九年十月
翻訳家ミリヤナ・ウィットマンから電話がある。ドイツ人の夫とボンに住んで三十年以上になる。彼女がベオグラードに来るたびに会う。忙しいスケジュール、ホテルの朝食に付き合いコーヒーを飲んだ。かねてから準備をしていたヒルデ・ドミンの選詩集をセルビア語で刊行。ベージュに薄緑の木の葉をあしらった表紙の本をいただく。

暗くなるのを待って読みはじめ、一度に読み終わる。本を静かに閉じ、深い息をする。ヒルデ・ドミンは、私の生き方、詩の教師となった。国境から国境を渡る不安、男と女の境に横たわる闇、命と死の境、すべての境の震えを歌いつづけた詩人。私にとって、彼女の詩こそがこれから歩く道を示す地図。

ドミンは、オーストリア系のユダヤ人。ヒトラーの演説を聞いて、何が世界に起こるかを予感。夫と二人で、スペインに逃れさらにドミニカ共和国の首都サント・ドミンゴへ逃れた。戦後は、大学でドイツ語の教師として教鞭をとるが、五十歳のとき、ドイツに暮らしていた母の死を知らされ、悲しみの中から一度に詩があふれはじめた。五十過ぎての処女詩集もおかしいという出版社の意向で、年齢を最初は偽っていたとのこと。ドイツに移り住み、ドイツ語現代詩にゆるぎない仕事を残した。

すぐれた亡命詩人に贈られるヒルデ・ドミン賞をトンチッチが受賞。サラエボの詩人、ステバン・トンチッチは、内戦のために難民としてドイツで五年間を過ごしている。それを機会に、ミリヤナはドミンにインタビューを申し込んだ。ドミンは、私の詩集を読んでから連絡してくださいと言う。ミリヤナはすぐに詩集を求め、読み終えると、あらためて連絡をした。ドミンの詩集に胸を打たれて。

ミリヤナはベオグラード生まれ、心理学者のベスナの同級だ。母はイタリア人、父はセルビア人。社会主義ではなく自由主義圏にもっといい暮らしがあると信じた父は、彼女が高等学校を終わると、西ドイツに家族とともに移住、苦労したらしい。ミリヤナ自身の人生にも、国境や言葉の問題が刻み込まれている。だからこそ、しなやかな翻訳になった。

本棚の特別な場所に、詩集を置く。

*

二〇一〇年七月

動物園に行こうか、と私。行く、行く、とエマ。おいおい午後五時じゃないか、遅いよとH氏。夏の開園時間は夜八時まで、間に合うわ、と私。急いで支度をはじめると、私の部屋にエマがついてくる。保育園に通いはじめてから日本語で話すのが嫌になっているのに、日本語で「おばあちゃん、はやく、はやく」と言ったので大笑い。

二〇一〇年九月

夕暮れの動物園は静かだった。山羊の檻、山羊たちにポップコーンを食べさせる。

マーケット前に、いつものように近所の女の人たちが自分の畑でとれた野菜や菊の花などを並べている。手編みの毛糸の靴下を売る人、銀髪が美しい。名前はスロボダンカ。桃色、桃色、桃色と白の縞、二足とも買う。雪の中をどこまでも歩いてゆけそう。

H氏の母が亡くなる前に、エマにあげてと言った日本人形は、長い船旅のため顔と手に傷がある。紅色の絹の振袖を着て黒髪で、気品のある顔立ち。机の上の人形をエマがそっとだき起こす。「あなたの曾祖母《ひいばあ》ちゃんが、お空から見ている。きっと喜んでいるね」と言うと、でも「死んじゃったのよね」とエマ。「人間はね、死んでもお空と、大切な人の心の中には生きつづけるものなのよ」と言うとエマは明るい声で言った。「そうかあ、曾祖母ちゃんは、嘘っこに死んでるのね」私も笑う。空が夕焼けに染まりはじめていた。

二〇一〇年十月二十三日

スメデレボの秋の詩祭が始まる。『ちいさな惑星』と名づけた対訳詩集も完成し、ほっとする。白石かずこさんは、第四十一回「スメデレボ金の鍵賞」の二十五人目の受賞者。長い旅を終えて、無事にセルビアに着く。

散歩にお誘いする。街路のプラタナスの並木は黄金色に木の葉を染め、枝を愉しげに伸ばしている。城壁のまえの広場に二人で立って、真っ青な空にそそり立つ高い塔を見上げた。「美しいわね。もう二度と見られないかもしれない」と、おっしゃる。「一期一会というのだから、どの景色も一度しか見られない、そうでしょう」と私。午後は、難民センターのこどもたちを訪ね、喘息《ぜんそく》の発作と闘いながら、花の香るような声で「鯨と話したことある?」を朗読された。わいわいがやがや。バラックもベンチも壁もこどもたちと喜んだ。

正賞の「金の鍵」は、この城門の扉の鍵のレプリカ。セルビアの専王が築いたスメデレボ城の鍵は、まずトルコの手に渡り、さらにオーストリア・ハンガリー、はてはナチスの手に渡った。そのたびに多くの血が流れ、町は廃墟と化した。多くの犠牲を払った第二次世界大戦後は、多民族国家ユーゴスラビアのもとで、現代都市として発展した。製鉄所や食品工場、ワイン工場などで繁栄し、近郊からも人が集まり人口も増えた。

一九九一年に国家解体の悲劇がはじまり、一九九九年にはNATOによる空爆でスメデレボは何度も攻撃される。ドナウ川に架かる橋も落とされた。コソボからは難民となった人々が流れ込み、難民センターで五百人あまりの人々が生活をつづける。公営企業の私有化により、社会主義時代の企業はただ同然で外国資本に売られた。第一次世界大戦直後に創業した製鉄所は、アメリカに買われた。町は失業者であふれている。スメデレボ城は、血を流しながら所有者を変えてきた。人間の業を水に映し、ドナウ川は流れつづける。

午後、ひとりで川岸を行くと、男の人が舟を船着き場につけていた。こどもを岸辺に降ろそうとしている。揺れる舟に、女の子が怖いと泣いている。父の手につかまり岸に上がる。小さな弟も、父に抱きかかえられ岸に上がった。二人は笑いながら岸辺を駆けていく。父は舟を杭につなぐ。秋の太陽のぬくもりを人々は楽しんでいた。

二〇一〇年十月

羽田から飛行機で沖縄へ。夜の那覇に、李先生が留学中の次男と迎えてくださる。夜は、学長と高宮城《たかみやぎ》先生にホテルで夕食を御馳走になる。第二次世界大戦のとき、島人の多くが洞窟で自害。少年だった学長は洞窟に潜んでいた。皇国少年として敵国に降伏しないと覚悟をしていたが、米軍に入り口で火を焚かれて燻《いぶ》し出された。孫に白旗を持たせて洞窟から外に出して、自害した祖父母たちも多かったと言う。戦後は、アメリカへ留学。寮でアメリカ人と同室だったが、最初、それが恐ろしかったとおっしゃった。

宿舎は海の岸辺にあった。潮鳴りを聞きながら眠る。

次男の運転で名護の周辺を巡る。豊かな天水、照葉樹が茂り植物相が違う。でいごの花の鮮やかな紅。

ひめゆりの塔、平和の丘……。なんと夥《おびただ》しい命が消されたのだろう。せいふぁー・うたき、弾丸池。忘れられていく神々。昔の暮らしを残す村へ行く。時間がゆったり流れ、旧い家屋を石垣が囲み、庭で山羊が草を食み、樹海が広がる。岸辺に出た。目の前に浮かぶ小さな島は伊江島《いえじま》。第二次世界大戦のときに強制収容所が作られ、島人が収容された、と次男。知らなかった。島の姿に見とれ、コンクリートの岸辺を降りていくと、海藻に滑って転び、強く膝を打つ。痛みを堪《こら》えながら島を見つめた。ママはすぐ転ぶんだからね、と次男。

二〇一〇年十二月
旧い猫のカレンダーを使って、天使の翼を作った。ゴムを付けてエマの背中に羽を付ける。「わあい、わあい。おばあちゃん、ベスナのところに行こうか。お人形も見せてあげよう」と言う。「ベスナって?」「おばあちゃん、自分のお友達の名前くらい知ってるでしょ」児童心理学者ベスナの事務所にはエマを連れて、一度、立ち寄っただけだ。記憶に驚く。

こんにちは、とエマと私はZ事務所のベルを鳴らす。大きな紙袋に人形も入れ、天使の翼も持って行く。ベスナは大喜び、仲間たちとエマの指揮で、輪を踏む遊びをした。この子は何をしたいか知っている、私のお友達ね、とベスナは笑った。

＊

二〇一一年三月十日（木）

ベオグラードに帰る前に、海が見たい。三月十日、鎌倉を訪ねた。木曜日の江ノ島電車。線路のすぐそばに高い波が寄せて砕ける。少し怖い。太平洋が朗らかにひろがる。極楽寺を訪ね、庭の梅の花の香に心打たれた。修復工事の若い職人が庭で午睡。二週間の日本滞在が夢のように過ぎ去ろうとしている。横須賀線に乗り換えた。「見てよ、あのマンションは三十五階はあるわね。停電になったりすると大変。このまえも私の親戚が……」女二人のおしゃべり。

三月十一日（金）

代官山町の従弟Iさんの集合住宅の六階、床にトランクを広げて荷づくり。午後二時四十分ころ、突然、テレビがベルを鳴らし地震警報を告げる。三陸沖が震源地らしい。わずか数分でぎしぎし建物が揺れはじめた。窓の向こうの灰色の高層ビルも、ゆさゆさ左右に揺れている。長いこと建物は揺れ、縦型ピアノが動きはじめ楽譜がばらばら落ちていく。乾いた音をさせて震えるテレビの画面は、地震が東北地方を襲ったことを告げ、津波警報を発している。傍にあった椅子の足をしっかりつかんでしゃがみ、揺れが止むのを祈る。なんということなのだろう。なんということになったのだろう。唇がかさかさに乾いていた。扉を開けて、お隣の奥さんと初めて声を交わす。

代官山駅は人であふれた。電車は止まった。だれもが静かだ。大きな声を上げる人はない。駅のそばの電話ボックスに人の列ができていた。携帯電話はつながらない。人々は歩いて家に帰ろうとしている。不思議な静けさには哀しみが染みこんでいる。

一九九九年三月二十四日、NATOによる旧ユーゴスラビア（セルビア・モンテネグロ）空爆がはじまった春の日、あのベオグラードの静けさを想い起こす。空襲警報が国に響きわたる。誰もが静かで厳かだった。みんな優しくなり声をかけあい励ましあった。先ほど言葉を交わしたお隣さんの声が、あの日の人々の声に重なる。

三月十二日（土）

夜明け。廊下の窓から薔薇《ばら》色の朝日が差し込む。エレベーターが動いていた。夜通し余震がつづく中、点検をして直していた人々がいる。通りのプラタナスの枝に鴉《からす》がとまっていた。凜とした姿にほっとして見とれる。

Iさんの車で東京駅へ。成田に向かう。高速道路は閉鎖されバスも通わず、成田エクスプレスも運転中止。総武線で千葉へ出て成田線に乗るほかはない。東京駅の構内は、緊張した空気がよどみ、人の川が流れていく。やっとホームにたどり着く。車内は混み合った。大きなトランクを携える人々。家族が乗り込んでくる。お父さんがベビーカーを押している。弟を守るようにお下げの女の子が立っている。こどもの笑顔に救われる。

やっと着いた空港は、今まで見たこともないほどの人の列。青い寝袋とオレンジ色の毛布が貸し出され、通路にはダンボールに寝袋を敷き、ラップトップの画面を見つめる若者たちがいた。世界の人々がみんな故郷を失ったような光景。飛行機は定刻に出てしまい、空港で夜を明かす。こわばった体をベンチに横たえる。空港の待合室のテレビの画面から、若いお母さんのインタビューが聞こえる。産まれて間もない赤ちゃんを抱いて漂流していたところを救出された。お互いの体の温もりが命を救った……。こどもの咳、大人の咳、さまざまな国の言葉の話し声。疲れが襲い、眠りに落ちていく。

三月十三日（日）

やっとチェックイン。天井の照明器具が恐ろしい音を立て、空港は激しく揺れる。余震。職員の女性たちは誰もが美しく髪を結い、きりりとお化粧している。係りの女性は、昨日はもっと怖かったですよと囁く。冷静に仕事をつづけ、旅行者たちはおとなしく順番を待っている。とにかく搭乗、機体が空に浮かぶ。窓に顔をつけて、視界の中で小さくなる灰緑色の日本を見とどけた。

シートの小さな画面で日本語のニュースがはじまる。福島第一原発は津波により冷却装置が故障、煙を上げている。被災地の模様が映し出される。避難所に集まる人々。仙台が燃える。はじめて涙が流れ、声を立てずに泣く。九〇年代、ユーゴスラビア内戦で難民となり家や肉親を失った人々の長い列が、被災した人たちの姿に重なる。

夕方、チューリッヒ着。疲れ果てた身体はときおり奇妙に揺れた。喉が渇く。フルーツティーを四杯も飲む。食欲なし。ベッドに入り、大きな画面のテレビをつける。

NATOの旧ユーゴスラビア空爆以来、信用していないCNNのニュース。女性記者が、仙台、福島原発、津波の模様を伝え、泥の中から見つかった子供の長靴が映し出される。次はリビアのトリポリで、男性記者は瓦礫の中から片方だけの子供のスニーカーを拾い上げ、カダフィはひどい独裁者だと説いていた。

翌朝の早い飛行機でベオグラード着。友人たちから「日本を襲った地震に胸が痛む、一日も早く、皆さんが立ち直ることを祈る」といったメッセージがいくつも携帯に届いている。電話は鳴りつづけ、友人や知人からのお見舞いの声を聞いた。

三月十四日（月）

晴天。買い物に出る。団地の屋台で衣料を売るスネジャナと立ち話。「ご家族は大丈夫だったのね。被災者の方たちはどうしているでしょう。私も戦争で難民として苦労してきたから皆さんの気持ちがよくわかる。どうやってお葬式を出すのでしょう。それに原発も心配ね。ここ十五年で世界は変わった。大きな欲望が世界を動かしている。犠牲となったのは罪のない人たちね」と言った。

夜のテレビの画面は、地震のあと海を漂流していた犬が救出されたと日本から伝え、リビアからはトリポリの空爆の模様を伝えている。ひとつの国に救いの手をのべ、ひとつの国には戦闘機を送る。この時代の哲学とは何か。世界には多くの震源地があり、無数の原発がある。

二〇一一年九月

路地に菊の花束が並び、トマトやパプリカの赤が彩りを添える。「今年も靴下、お作りになるの」と訊くと、質のよい毛糸が手に入らなくてね、とスロボダンカさんは言う。去年の靴下が衣装箱の中で冬を待っている。

二〇一一年十一月

冬の日暮れは早い。日のあるうちに、サバ川まで散歩に出る。すると川へ向かう坂道から、リラ色のジャンパーのラドミラが下りて来る。長いお話が始まる。
「私が生まれたのは、クロアチアのコザラ村。家族は父母と兄弟七人。母は戦争が始まってじき亡くなり、父はナチスの収容所で死んだ。姉と私は、最初、シーサックの子供収容所に送られた。世界で唯一の子供の絶滅収容所（セルビア人、ユダヤ人、ロマ人の子供を収容）……。そこからドイツのダッハウへ送られた。アウシュビッツと同じくらい恐ろしい所よ。

私は父が大好きだった。父の暗殺を誰かが企てていると聞いて、父を守ってあげたくて、どこでもついていった。森へ狩に行くときは、父は大きなリュックサックを背負い、私に小さなリュックサックを背負わせ、連れていってくれた。なぜ娘に荷物を持たせるのかと問われると、この子には厳しい人生が待っているから鍛えておく、と父は答えた。その通りになった。正直に生きることを教えてくれた。この教えがなかったら戦争を生き延びられなかった。

ダッハウ強制収容所では重労働。夜中の十二時に点呼があり、意味もなく起こされる。ろくに食べ物ももらえず、肉体労働で疲れ果てている。私たちを苦しめるほかに意味のない点呼、辛かったわ。

昼間は収容所から工場へ働きにやられる。ドイツの工員さんと働くの。最後の数カ月はドイツの戦局が悪化、みんな敗戦を予感していた。きっと負けるね、と工員は囁きあう。ダッハウは連合軍による空爆がひっきりなしにあって怖かった。それでもラジオからヒットラーの演説が流れた。〝勝利の時は来る。他の民族たちが我らの奴隷となって働くのだ〟と、ヒットラーの声が建物中に響いた。

どうやって生きて還れたかというと、ドイツ人の女の人が救い出してくれたからなの。大人にまじって鋳物《いもの》工場で働かされていた私のことを、ドイツ人の女工さんが不《ふ》憫《びん》に思ってくれてね、最初は、ココアとパン一切れにハム一切れのせたのを食べさせてくれた。厳しい人だったけど、〝私の子〟って呼んで、可愛がってくれた。私の身の上を知ると、休憩時間に橋の下でこっそり待ち合わせて救い出してくれたの。

私、金髪でしょう。髪を三つ編みに編んでもらい、ドイツの少女みたいな服を着せられ、家に匿《かくま》ってもらった。ある日、女の人は〝私はドイツ人だから、あなたが家に居るのが知れたら、私は殺されてしまうね〟と言った。〝いいえ、おばさんは殺されません。私におばさんの名前を教えないでちょうだい。私もおばさんに自分の名前を言わないから。おばさんはフラウ、私のフラウよ〟って私は言った。捕まって拷問されたとき、女の人の名を口にして、迷惑をかけたりしないためよ。

戦争が終わって、父を探した。でも父は見つからなかった。死んだのならお別れをしたい、葬らせてほしいと頼んだけど、願いはかなわなかった。もうひとつ残念なことがある。戦争が終わり、新しく生まれたユーゴスラビアから代表団が来て、国に戻ることになった。そのとき私は病院にいた。体重はたったの十四キロ、本国までの旅は無理と言われたほど衰弱が激しかった。最後に、ドイツ人の女の人にお別れの挨拶をしたかったのだけど、許されなかった。今も心残りだわね」

いつのまにか坂道は夕闇に沈み、私とラドミラさんは腕を組み、ゆっくりと家に戻った。

*

二〇一二年一月

まだ終われずにいる日本語文法の教科書の原稿をトランクにつめ、プロロン・バーニャにやって来た。ベオグラードからバスで五時間半。セルビアの南の村、コソボとの国境まで二十四キロほど。宿を青い山脈《やまなみ》が囲む。

食堂で昼食をとっていると、愛くるしい女の人が毛糸の帽子をとって挨拶。夏にもお会いしましたね、と。ジャンカだ。両親はセルビア人、フランスに生まれ育つ。マダガスカルの近くの島の高等学校でフランス文学を教えている。遠い島はフランス領とのこと。島ではクレオール語を話す。フランス語で教育をうけた彼女はセルビア語も流暢。だがセルビア語は不安だと言う。私たちのこどももそうだ。その不安もふくめて、私たちの生き方。

石牟礼道子の『苦海浄土』を読みはじめる。心を正して、昼ごはんのあと少しずつ読みすすめる。

二〇一二年一月五日

早朝、森を渡る風の音が硬い。テラスに出ると、樹氷のためなのだとわかる。森は、昨夜の雪で銀世界となる。ラディツァと二人でトプリツァ川に沿って森を行く。四十分ほど歩くと、右手に聖ラザロ教会が現れる。木造の質素な礼拝堂。一三八九年、コソボの戦いのとき、ラザロ王が村の男たちを集め聖餐《せいさん》、ここから戦いに向かったと言われる。庭にはスモモの木が二十本ほどあるが、どれも枯れている。宿り木の一種、それとも黴《かび》か、灰緑の皮に樹皮が覆われている。

雪をきしきし踏みしめ、速足で男の人が私たちを追い越していく。七十歳ほど、髪をのばして薄着。凄い距離を歩くのよ、仙人みたい、とラディツァ。

二〇一二年一月

昼ごはんをとっていた。仙人が現れ、ここに座ってもいいかと言う。どうぞ。長い話を聞く。

「私はバニャ・ルカに住んでいる。ボスニアのセルビア人居住区で行われたNATOの空爆を覚えているだろう。一九九四年十月、NATOが初めて住民居住区を攻撃した作戦だ。仲間の兵士と森に潜んでいた。軍の調理師はキノコを料理した。毒キノコではないよ。それを食べたら、七人が全員ひどい脱水症状。ベオグラード軍事病院に運ばれ、命をとりとめた。その後、胃腸に異変が起きた。粘膜が焼かれたような感じが今もある。大量に劣化ウラン弾が使われただろう。

軍の仕事は引退した。毎日、走っている。沢山、走る。二十キロは走るよ。そうしないと生きていけない。君も黒パンを焼くのかい。私も自分で黒パンを焼く。自分の手で焼いたパンは違うよな。一切れも捨てられないよ。あなたと話せてよかったよ」

食堂の前で、もう一度、仙人を見かけた。こんにちは、お名前を伺いませんでしたね、と言うと、ブラーゴ（宝物の意味）だと短く答える。それきりで言葉が途切れた。森のキノコは、彼の魂を深く閉ざしているのだとわかった。

ジャンカはラップトップとコードを抱えて喫茶室へ降りていく。「喫茶室で仕事よ、フランス文学の授業のカリキュラムを書いているの。今の教育、おかしいと思わない。授業や文学の本質を失い、教師は事務仕事」と彼女。「私もそう思う。だからこそ、私たちが教室を生き生きさせなくては」日本文学のこと、東北沖大地震の話、原子力の話になる。「ベオグラードの郊外にヨーロッパのための核廃棄物処理場ができるのよ。署名も終わった。友人の技師から聞いたから本当よ」とジャンカ。まさか……。

朝のバスで、ジャンカが帰っていく。雪の中、みんなで見送る。「あなたのお母さんの故郷に、ゴドビック修道院がある。小川の辺の石造りの聖堂。次の夏はぜひいらっしゃいよ」と私。これがメール・アドレスよ、とジャンカ。

二〇一二年二月一日

朝の新聞、コーヒーを入れて文化欄を開く。穏やかな微笑みのシンボルスカの写真。ああ、お亡くなりになったのだ。ポーランド詩の翻訳家ビセルカ・ライイッチの文章があった。

生涯、賞などには興味をもたず、ノーベル賞をストックホルム・ショックと呼んで、賞金の一部で小さかった家から少しは大きな家へ引越したほかは、社会によい働きをした人々を支える財団を作ることに奔走した。お葬式では、彼女の遺志で、大好きだったエラ・フィッツジェラルドのボーカル・ジャズを流して友人たちが見送った。

私たち詩人の仲間で合言葉になっていた逸話がある。寡作《かさく》だった彼女に、なぜそんなに少ししか書かないのですかと尋ねると、私の家にも屑箱があるのですよ、と答えたという。もっとも特別な屑箱だったらしいが。書かないことも詩人の仕事だと教えられた。

生涯をともにしたパートナーは、優れた散文家で、彼女の家からほんの少し離れたところに棲んでいた。

煙草が大好き。「二〇世紀の偉大なる文学は、トーマス・マンをはじめ、紫の煙から生まれた」とインタビューで語ったとのこと。ノーベル賞の晩餐では禁煙だったが、とうとう我慢できなくなったシンボルスカがハンドバッグから煙草を取り出し火をつけると、スウェーデンの王様も彼女に気を使って煙草を取り出したという逸話も素敵だ。

友人たちを集めて、洗面器にいろいろと小さな贈り物を入れてくじ引きをして楽しんだ。それぞれ贈られたものを何に使うか、言うことになっていたと聞く。

柔らかな感性を織り込み、人間をうたう思想詩。日本の詩の伝統をどこかで引きずっている私にはそうした詩を書くことはできないが、だからこそ彼女の詩は、魂の美味な食物。翻訳者ビセルカが最初の選集を編んだのは、内戦の暗雲がたちこめる時代だった。それ以来、彼女の詩集はビセルカのセルビア訳で、私の本棚の大切な場所に棲みはじめた。すぐ手に取れるところにある。シンボルスカの詩にどれほど明るい光を届けられたことだろう。どの国の言葉で書きあらわそうと、詩は言葉をこえた世界に広がる光なのにちがいない。

シンボルスカさん、安らかにお眠りください。

二〇一二年五月

静岡の実家へ戻ると、母が縁側に大きな桃色のプラスティックの衣装箱を出した。蓋に下宿の住所がマジックで書いてある。あなたのものが入っているのだけど。札幌時代の手紙の束、日記……。礼文島《れぶんとう》からの妹の葉書には、島が気に入って滞在を延ばすから少し送金してと記され、母と笑った。黄色の表紙の日記には、中村健太郎先生に学生寮生まれの仔犬のもらい先を相談した、とある。ドストイェフスキーの研究家、元気な詩人和恵さんの父。黄ばんだ映画のパンフレットを数冊残し、処分を母に頼む。『ペーパームーン』『アマルコルド』などと一緒に、『抵抗の歌』という映画のパンフレット。くすんだクリーム色を背景に芥子《けし》の花が野原に咲き乱れる表紙。十四歳だったときに観たユーゴスラビア映画で、原題名はデサンカ・マクシモビッチの「血まみれの童話」からとられた。ナチスによるクラグエバッツのセルビア人虐殺を描いた作品は、少女の私の胸をいっぱいにした。ジプシーの少年が背中を打たれ、「父さん、死ぬのは痛くないと言ったけど、嘘だ、痛い」と春の草に倒れる情景を、今も思い出す。セルビアへ留学するなど夢にも思わなかった。運命という織物の緻密な模様。

新幹線の福島駅で七分の停車。ホームに下りてみる。平日であり静か、人影もまばら。車窓に田畑がひろがり住宅が立ち並ぶ。傷はどこにも見えないが、ゆえに不幸は深い。仙台に着く。駅前は高層ビルが立ち、街の姿はすっかり変わる。あちらこちらのビルは、蟬の羽のようなシートに覆われている。やっと建物の修復工事に入ったのですよ、とセラフィム大主教。

仙台のハリストス正教会の聖堂には、ロシアの画家ブブノワが描いたイコンが掛けられている。「MAVO」などの前衛運動に関わった人だが、神は彼女の魂から立ち去らなかった。「地震の日は、葬式の準備がありました。ひどい揺れ。夜は停電、娘が学校の理科の授業で作った手回しラジオを見つけ、ニュースを聞きました」とクリメント神父。「地震で考えたことがある。十センチと十二センチのわずかな差で大きく運命が変わる。崩壊する家屋と傷ひとつ無く残る建物、その事実について」とセラフィム大主教。礼拝堂で朗読をさせていただいた。聴き手たちの厳かな静けさに、胸を打たれた。

クリメント神父の案内で、H氏と芭蕉の『奥の細道』ゆかりの地を訪ねる。若葉が眩しい。青い山のうねり、豊かに田畑が続く。津波で塩水を抜くのが大変だったと聞く。石巻《いしのまき》に住む神父の知り合いが津波の犠牲となった。父と子。坂には桜が咲き誇る。小高い丘の公園から海が広がり、かつての津波の水位を示す標識がある。岸辺には無数の自動車が整然と並べられ光っている。すべて津波で流れ着いたもの、使える車は一台も無い。「下の空き地は、更地に見えるでしょう。ここは住宅地だった。津波で一軒残らず家が流された」と神父。二件ほど、家が残る。「あれも人が住めるものではない」とおっしゃる。車で街へ降りる。丘から見た空き地だ。「ここにコンビニがあった、知り合いの息子はここで死んだ」ががらんとした空き地に新しい慰霊所があり、菊の花を携えた若い人たちの姿があった。

右手に、黒々とした鉄筋コンクリートの建物が海を見つめ立ち尽くしている。瞳をえぐられたように窓は抜け、黒々としていた。小学校の建物、地震のあとの火災。幸いにも、こどもたちは無事だった。校庭の前は墓地で、多くの墓石がごろごろ倒され、割れてしまったものもある。丘の上から見た家には誰もおらず、ドアは破れていた。

津波で浸水した教会を訪ねる。和洋折衷のハリストス正教会、会津藩の武士たちが数多く洗礼を受けたと聞く。日本で最古という木造建築の正教会は、博物館になっていた。海へと流れ込む広い川の岸、まさに水際にあった。近くには、漂流した潜水艦の形をして漫画博物館ががらんとしている。信者が祈祷する聖堂は別にあるとのこと。

午後の町は重たく口を噤《つぐ》んでいた。大きなマーケットが市役所となっている。通りには、わずかの違いで崩壊した家と残った家とがある。川沿いの寺の建物は、床も窓もすっかり打ち砕かれていた。「迷子の飼い猫、飼い犬、相談してください。あきらめないでください」と書かれた張り紙が掲示板にあった。蕎麦屋《そばや》は営業時間十一時から午後二時まで。やっとのことで喫茶店を見つけ、遅い昼食。

松島へ。芭蕉博物館は津波により閉館。芭蕉がかつて散策をしたはずの島へ渡る橋も壊れていた。波は穏やか、鷗たちが空に遊ぶ。円通院には、ローマから持ち帰ったという日本初めての花の洋画、薔薇とアイリスと水仙があった。一番近い島へ橋で渡ると、少年と祖母らしい人がバケツを持って歩いていく。潮干狩り、アサリが採れる。汚染、という言葉が林をよぎる。

宿の人たちは何かを耐えているのに、朗らかで芯が強い。刺身や貝など海の幸を盛り合わせた夕食。寝付かれない。ふと見ると、部屋の窓いちめんに夜の太平洋がかすかに波立ち、月の光を細かく砕いている。清《さや》かな満月が私を見つめている。H氏を揺り起こす。日の出を待ったが、雲で見えなかった。

二〇一二年六月

バルコニーに出たH氏が、声を上げる。「燕の巣が落ちた」まさか。巣は砕け散り、一羽の若い鳥がよろよろ逃げていき、四羽の雛鳥が落ちている。生きている。四羽を籠に入れ、ベンジャミンの木の枝に吊るす。激しい陽光が雛たちを焼き尽くそうとする。数週間の猛暑に、農作物も枯れるほどの旱魃《かんばつ》、旧い巣は乾ききって落ちたのだ。空から戻ってきた親燕は、今までにない鋭い声をたて、雛たちと声を交わしていたが、去っていった。「人の臭いの付いたものには、親鳥は近寄らない」と言った野菜売りのズラータの言葉を思い出した。家族はコソボの空爆で故郷も家も失った。海の町から難民となって今は八百屋をしているスラビツァも言った。「仕方ない。運命よ」

籠の中で、まだ四羽の雛が生きている。ときどき体を動かし、苦しい息をしている。苦行僧のように、何も食べない。「燕はアフリカまで飛ぶ。強いものだね」とH氏は言った。親鳥たちは二度と現れず、巣を作り直すこともなかった。巣を作る泥や藁が、ベオグラードにはもう無い。落ちた巣の欠片を手に取る。春が来るたび、海を渡りアフリカから訪れる、燕たちの家が無くなった。手のひらの中で、黒々と石炭のような塊。

終わりに――「小さな言葉」という小窓から

昨年の八月のこと、セルビアの南にラバニツァ修道院を訪ねた。深い森に囲まれて、茜色の煉瓦と石を巧みに組み合わせた教会がひっそり息をしている。聖堂に入る。外の世界を隔てて時間が流れ、空気は冷えている。ターニャ・ポポビッチの言葉に耳を傾けていた。壁画にかつて描かれていたはずの聖人について語っている。トルコによるセルビアの支配は五百年に及んだ。度重なるトルコの攻撃を受けて、イコンの膠《にかわ》は落ち、聖人たちの立ち姿の輪郭はほとんど見えない……。すっかり消し去られたものもある。盗賊たちも、幾度となく修道院を襲った。

朽ち果てたもの、壊されたもの、見えないものについてターニャは語っていた、と悟ったのは、九月の南イタリア、コラートの町で五日間を過ごしたときのこと。港町バーリの聖ニコラウス聖堂、扉の豪華な装飾には何ひとつ傷がなく、歴史の層を眼に見える形で示している。十月のパリでノートルダム聖堂を観たときには、さらにその思いを強くした。天井は高く、荘厳な装飾が外壁にも扉にも施され、恐ろしい気持ちにすらなった。

バルカン半島という辺境の宿命について、今、思いを巡らせている。様々な征服者、幾つもの戦争が繰り返されるこの土地では、人の手が生み出したものを守り、文明の形を後世に伝え続けるのは困難だった。大きな国が形あるものを伝えることはさほど難しくはないが、小さな国が形あるものを伝えるのは容易いことではない。

しかし形のないものを語ること、形を失ったもの、これから形が生まれようとするものについて語ることこそが、言葉にゆだねられた仕事であるのだとしたら、南ヨーロッパの辺境で私が三十余年を過ごしてきたのは、それほど悪いことではなかった。悪戯好きの運命が、ベオグラードという町で、私という「日本文学の戦中派」を産み落としてしまった。いつのまにか私の日本語が、日本文学の辺境を形作っている。

英語、独語、仏語、露語などの「大きな言語」という大窓から、世界を観るだけでは見えないことが数えきれないほどある。セルビア語をはじめとした「小さな言語」の小窓から眺めやれば、世界は思いがけない表情を見せる。人の心の底を見つめるときも、同じだろう。多くの人々がニューヨークの9月11日やフクシマの3月11日を記憶する。だが、記憶に刻まれるべき日付は無数にある。コソボ、イラン、イラクをはじめ、記憶されないだけではなく語ることさえ許されぬ悲劇の日付が、次々と世界史に書き込まれていく。

しかし国や言葉を越えて、心を開き合える仲間に巡り合うことは、なんという喜びだろうか。人と人との巡り合い、繋がりこそが、眼に見えない小さい力、しかし、それだからこそ内なる世界を少しずつ変える力となるのではないだろうか。この小さい力さえあれば、様々な土地の歴史に刻まれた記憶の豊かさに触れ、命の重さの等しさを感じとり、自然の力の深さを確かめ合うことができる。生活というささやかな営みに潜む、無数の小さな力が結び合うとき、何かを変えることができる。

本書は、季刊誌「るしおる」の45号から終刊号の64号まで、二〇〇一年から二〇〇七年の間にかけて連載されたエッセイ「ベオグラード日誌」をもとにしている。このたび加筆し、十二年間の暮らしを点描した。書肆《しょし》山田《やまだ》の鈴木一民さんと大泉史世さんの誠意と熱意なくしては、この書物は生まれなかった。目次と構成、翻訳詩の位置は、大泉さんのお力を借りた。心から感謝します。

詩を書きはじめてから、私はベオグラードの住処を変えていない。宇宙飛行士ユーリー・ガガーリンの名をとった通りの名は同じなのに、国の名前は何度も変わり、ユーゴスラビア社会主義共和国連邦から、今はセルビア共和国となった。激動と言っていい時代を、日本とセルビア、世界の様々な土地に住む友人たちや家族に守られて、葡萄酒の美味しいこの土地で暮らすことができた。ひとりひとりに、ありがとう。

二〇一三年一月十三日　ルコブスカ・バーニャにて　山崎佳代子

追記

あとがきを書き終えてから、一年が過ぎてしまった。セルビア語で『現代日本語文法』を書物の形とするために心を集中していたら、思いがけず手間取り、さらに昨年の秋の終わりにはセルビアの詩人たちと日本を訪ねる長旅があって時間がとれないでいた。言葉と言葉を繋ぐ仕事は、細い刺繍糸を手織りの布に刺していくように根気がいる。そのために時間は盗みださなくてはいけない。花泥棒のように。

口絵と帯の写真は、写真家のジタレビッチさんにお願いした。いずれもセルビアの旧国際見本市会場跡。第二次大戦ではナチス・ドイツ占領下の強制収容所となった。

今は、一部が画家や彫刻家のアトリエとして使われている。

日曜日の夜、ふたたびエラ・フィッツジェラルドを聴いている。彼女の「酒とバラの日々」を聴きながら、雪のベオグラードで、この小さな日記を終わりとする。新しいはじまりのために。

二〇一四年一月二十六日　ベオグラードにて　著者

続・ベオグラード日誌——二〇一九～二五年

二〇一九年　夜のマルメロ

一月一日（火）

画家ミラン・トゥツォビッチ夫妻の家で年を越す。庭に出ると、深い霧にベオグラードの町が溶けている。庭の樹木も胸像も、街灯も、家々の灯りも。

一月二十三日（水）

我が家のインターネットの工事。電話会社のゾランとニコラ兄弟が作業。クロアチアのスプリット出身。軍人だった父は昨年に死去、母は小さい時に亡くなった、とニコラ。内戦で難民となった。いい本をお持ちですね、とゾラン。本棚の『ヤセノバッツ強制収容所の記憶』……。

三月十二日（月）

四年の翻訳演習の後、いつも陽気なゾラナが、「母が癌《がん》で足を切断する手術を受ける。家族は私だけだから、授業に出られません」と言う。「出席は心配しないで。お母さんによろしく」と私。握手。母は小学校の教師、強い人。

五月二十五日（土）

昨夕、ドナウ河を渡り、ルーマニアのレシツァに着いた。詩祭は、リュビツァ・ライキッチの笑顔で始まる。清流にそってバスは走り、バジヤシュ修道院に着いた。僧院の庭で朗読。ロシア、ウクライナ、セルビア、ボスニア、ギリシャ、イスラエル、キプロス、フランス……。三人の修道士が並んで立ち、両手を組み、詩の言葉に耳を傾ける。背の高い白髪の長老、中背の黒髪の修道士、背の低い栗毛の修道士……。青緑の峰に雲。

六月二十六日（水）

穏やかな夕暮れ。セルビア文芸協会にて、ボイスラブ・カラノビッチの詩集『ぬぐいさられた跡』の朗読会。詩集の表紙は画家ミラン・トゥツォビッチの油彩「戴冠」、少女が少女に見えない冠を載せる。その後、アトリエに仲間が集まり、葡萄酒、チーズと焼肉、生ハム。セルビア民謡が流れる。イーゼルには、ほぼ完成した大きな油彩。地中海の街、石段、少女たち、天空。廊下に出て、ミランと話す。「仕事、仕事、仕事。描くこと、それが救いさ」と言った。きっぱりと、笑顔で、少し寂し気に……。

八月二日（金）

六時起床、快晴。テラスにいたH氏の携帯が鳴る。画家のサーシャからだ。「ミランが死んだ。昨夜、旅から帰って。早朝に、心臓発作で……」。五十三歳。信じられない……。カラノビッチ夫妻に電話で知らせる。言葉も涙も失う。

十一月二十七日（水）

玄関のベルが鳴る。ドアを開くと、三階のラドミラだ。手編みの毛糸の靴下と、マルメロの実を二ついただく。第二次世界大戦中、クロアチア独立国の子供絶滅収容所からドイツのダッハウ強制収容所へ送られ、少女時代を過ごした人。この夏、九十二歳になった。これを履けば風邪をひかないよ、と微笑む。彼女が編んだ。夜の部屋が、マルメロに香った。
アンドリッチ選集のための「エクス・ポント（黒海より）」の翻訳をH氏と。「目にするものはすべて詩であり、手に触れるものはすべて痛みである。」第一次大戦中、若き日の作家がマリボルの刑務所で記した言葉。

二〇二〇年　小さなふたつの握りこぶしを

一月二十五日（土）
楡《にれ》の梢に珍しい鳥。鳩より小さく、スズメより大きい。澄んだ声、黄緑色の翼。学部は問題が山積。世界文学科のターニャ・ポポビッチより電話。学部改革運動に誘われる。

三月十一日（水）
夕刻、セルビア語の研究室で、改革について相談。激しい言葉、慎重な声、空気が重い。ターニャの快活な声。微かにアルコールの臭い、誰かが手を消毒している。コロナ……。

三月十五日（日）
コロナ感染拡大。セルビア政府、非常事態宣言を出す。六十五歳以上の市民の外出禁止、集会の人数も制限。レンギョウが黄色い花をつけた。

三月十七日（火）
対面の授業中止。Eメールで学生に課題を指示。体調を崩す。夕刻より仕事、アンドリッチ選集の解題の執筆。仲間からEメール。ターニャが脳溢血《のういっけつ》で意識不明。私の大切な、大切な人……。

三月二十三日（月）
ターニャ死去。

三月二十四日（火）
なごり雪。

四月六日（月）
薬局は、マスクを着用し一人ずつ店に入る。「お大事に。疲労が病のもとですよ」と薬剤師。年配の女性は薬を受け取ると、「そして孤独」と言った。

四月八日（水）
朝、団地の露店が警察により閉鎖。しばらくして店の「裏」から買い物。ロマ人の女の花売り、路上に水仙やチューリップ。人々が花を囲む。ユーリー・ガガーリン通りの桜並木が、花ざかり。二〇一一年の三月、東日本大地震の犠牲者の霊を悼んで植樹された桜たち。

四月十日（金）
十七時より月曜日まで外出禁止令。感染者増加、死者続出。十一階のテラスから、団地の通りを見下ろす。道路から自動車が消えた。

四月十二日（日）
静かな朝。聖枝《せいし》祭《さい》。テラスの窓を開くと、仄《ほの》かな草の香。若葉の季節だ。国営テレビは昔の名画を流し続ける。

四月十八日（土）

朝、テラスから教会の鐘が聞こえる。ふたたび外出禁止令。復活大祭はテレビで、聖サバ聖堂から中継。信者のいない聖堂で、イリネイ総主教座下《ざか》が聖体礼儀を行う。

五月一日（金）

高齢者外出禁止令解除。本日、H氏はマスクをつけ、二回散歩。コロナ禍は続く。ワクチン、陰謀論……。

五月十七日（日）

聖ゲオルギー教会の扉が開かれ、久しぶりの聖体礼儀。

五月三十一日（日）

アンドリッチ選集の解題、書き終わる。安堵。サラエボ大学時代の恩師、ラドバン・ブチコビッチ教授の大著『イボ・アンドリッチ研究ジンテーゼ』を書棚に戻した。

団地のレストラン聖ニコラにて、長男の次女イスクラの誕生会。次男たちも元気。妻のお腹が大きくなる。

六月五日（金）

正午過ぎ、赤ちゃん誕生。母子ともに無事。名前は環、「かん」。わあい。山林檎が若葉を広げ、小さな青い実が光る。

六月十一日（木）

夕方、H氏と次男夫妻の家へ。籠の中で眠る赤ちゃん。あ、両手を組んでお祈りしていると私。H氏は笑う。馬鹿だね、小さな握りこぶしを二つ合わせているのさ。なあんだ。眼を覚ました。抱っこする。軽い。

九月二十五日（金）

白樺の梢から柔らかな光。午後、新墓地にてターニャの納骨式。弔辞、読経、お香の煙、花々と葡萄酒。緑の鳩が舞い降り、墓標にとまって首をかしげ、私たちを見つめる。

十月二十九日（木）

思潮社の出本さんからEメール。詩集『海にいったらいい』が完成する。今は亡き父に捧げた連作。母もすぐに開いて読んでいる、と弟から知らせ。耳の奥で、故郷の潮鳴り。

十一月二十三日（月）

初めてズームで授業。久しぶりの学生はマスクなしの笑顔。今朝は、万葉第三期、旅の短歌について。高市黒人《たけちのくろひと》の歌が心に響く。

旅にしてもの恋しきに山下《やまもと》の赤《あけ》のそほ船沖を漕ぐ見ゆ　（巻三・二七〇）

テキストはセルビア語訳のある対訳本『万葉百花』、H氏の労作。好きな短歌を選び、語り合う。学生の顔が、画面から一人ずつ消え、講義が終わる。朱色の船。海を焦がれる日。

十一月二十八日（土）
日本から大きな小包。アンドリッチ選集が届く。完成だ。故田中一生氏とＨ氏、そして私の翻訳。書物が香る。ここに収めた「アスカと狼」は、ブチコビッチ教授の最初の授業で読んだお話。四十年もの時が流れていた。

十二月十一日（金）
日本学のカリキュラム作成、作表作業、学科会議。無意味な事務仕事。教える喜びとは無関係だ。数にならぬことの数値化。情熱と思想が消える。教室とは劇場だ。

二〇二一年　光を持つ少年

七月十二日（月）
聖ペトロ祭。タ－ラ山のミトロバッツ村を下り、ラーチャ修道院へ。聖体礼儀の後、庭でヨヴァン主教が語る。「時間という概念はね、アダムとエヴァが罪を犯して天国を追われてから生まれた。天国は、初めも終わりもなく永遠だ」と。僧院の傍らを、勢いよくラーチャ川が流れる。

九月十日（金）
ミラン・トゥツォビッチの娘ヨバナの車でボジェガへ。夕刻、ボジェガ小学校にて、ミランの作ったアンドリッチの胸像の除幕式。最後のラジオのインタビューが流れ、ミランの声がありありと聞こえる。日が沈むと、校舎の二階から少女の天使が下りてきて、光のボールを少年に渡す。ミランの油彩、「光を持つ少年」のオマージュ……。

九月二十四日（金）
バスでジチャ修道院へ。イェレナ修道院長が「祈りとは呼吸です」とおっしゃる。そして「あまり正義を主張しすぎないこと」と。広大な果樹園を散歩する。林檎、梨、葡萄……。カッコウが啼《な》く。

十月一日（金）
書類に署名し、大学を退官。二週間かかった研究室の整理が終わる。三十五年間は水のごとく流れ去った。どんな時も、善き人々に守られていた。研究室の鍵をかけ、大学を去る。

十月二日（土）

ミリツァのチーズを買いに市場へ行くと、ガラス・ケースに白いグラジオラスが二輪。早朝、交通事故でミリツァと婿ミランが即死した。干し肉を売るサーヤが泣いている。あんなに心の美しい人たちが……。

十一月十日（水）

Eメールで、書肆山田の大泉史世さんに十年ぶりの詩集の相談、『黙然《もだ》をりて』の原稿を送る。表紙はカタリーナ・ザリッチの油彩、夜空と二人の天使と赤子。扉野良人《とびらのらびと》さんに、表紙デザイン依頼。

十一月二十二日（月）

大泉さんより快諾、三月に刊行予定。速いテンポに、彼女の厳しい闘病と決意を感じる。厳かな気持ちになる。

二〇二二年　誰もいないバス停

一月七日（金）
セルビアの降誕祭、良く晴れた。午後、我が家に、長男一家、次男一家が集まる。子羊の肉をオーブンで焼き、フルーツ・ケーキ。小さな贈り物の数々。

一月九日（日）
喉がひりひり、身体がだるい。同じ症状の次男と保健所で検査。寒い朝、地面が凍っている。廊下に人があふれている。古びた中庭の植物を眺めていた。聖歌隊のアルトのベスナがいた。三時間待つ。結果は陽性。オミクロン、静かに寝ている他はない。

一月十四日（金）
再検査、陰性。でも力が入らない……。イスクラが高熱を出す。

二月二十八日（月）

ターラ山のミトロバッツ村へ。雪かきをする男の黒い影。子供が三人、木の笛を楽しそうに吹いている。犬と会う。小さな雌《めす》。テラスに小鳥が遊びに来た。ラジオがウクライナとロシアの戦争を伝える。今日で、四日目。猜疑心《さいぎしん》、不安、憎悪……。「ヨハネの黙示録」の時代。ドラギツァが言う。「ユーゴスラビア内戦と同じね。犠牲になるのは、いつも庶民よ」。胡桃のお菓子は彼女の手作り。

三月二日（曜日）

大泉さんからEメール、詩集『黙然をりて』が完成した。よかった。

五月十日（土）

朝のミハイロ公通りに人の群れ。噴水のところに、なんとダチョウがいる。大きな目で、珍しそうに人間を見ている。飼い主の男は、今日は町を散歩させるのだと言った。「ダチョウの脳の構造は特殊でね。片目で眠り、片目で世界を見る」と、白衣の若い男が言う。生物学専攻、恋人と大きな鳥を眺めている。強そうな嘴《くちばし》と脚。

五月二十一日（土）

阿部日奈子さんよりEメール。大泉史世さん永眠。一九九五年の『鳥のために』から七冊の詩集、そして『るしおる』連載の『ベオグラード日誌』で、かけがえのない時をご一緒させていただいた。眼を閉じると、青い闇に蛍が舞う……。

五月二十三日（月）

花屋「テレフローラ」にて、書肆山田あてに花籠の発送を依頼する。白い花たちを。

七月二十六日（火）

環君、遊びに来る。言葉を覚えた。せんぷうき、ばいばい、さむい、いらない。

八月九日（月）

灼熱の太陽。カレメグダン城壁に行き、ローマ時代の聖堂跡を訪ねた。石畳みの坂道を下り、帰りは電車。足がくすぐったい。家に帰って寝室で着替えると、パンタロンから可愛い黄緑のトカゲが飛び出す。きゃっ。その瞬間、姿を消す。

八月十二日（金）
トカゲが廊下にふらふら出現。H氏が捕まえ、テラスから外に放り出す。生き延びたのに即死だ。草地に返したかったのに。そんなこと、してられるかい、とH氏。

九月十九日（月）
故郷の静岡にて。下島《しもじま》の西岩寺墓地へ。父と妹が眠る。海は水平線を広げ、遥かに伊豆半島が見える。誰もいないバス停に、彼岸花……。お前はどうしてここを去ったのか、と風が囁《ささや》く。家の庭のドクダミを抜く。夕食は、母と弟と浩ちゃんと。

十一月十九日（金）
環君と公園で散歩。「こうえんいく」と言えるようになった。「だっこ」も覚える。自分の写真を不思議そうに眺めている。

二〇二三年　天使は見えない

四月二十六日（水）

セルビア教育博物館で、ヤセノバッツ女子修道院の修道女マリアの聖画展。絵本のような童画。大きな瞳、愛くるしい子供たち。ヤセノバッツ強制収容所の犠牲者は、大人も子供も聖人として光輪が輝き、白い衣をまとい、素足で星空を歩む。長い人の列。赤子を抱く母、白髪の老人、歩けない子、眠る弟を抱える兄。赤い翼の天使が、人々の名を記した巻紙を青い夜空に広げて、天国へと導く。私が長いこと探していた、悲劇を語る文体だった。

五月一日（月）

京都より、友子さん夫妻がベオグラード来訪。クロアチアではヤセノバッツ強制収容所の博物館を訪ねた。アレクサンダル王通りを散策、レストラン「はてな」でセルビア料理。カレメグダン城壁から、ドナウ河とサバ川を望む。友子さんは京都で「キッチンハリーナ」を営み、夫は染色研究家。善き旅人たち。

五月三日（水）

八時、ベオグラードのリブニカル小学校で生徒による乱射事件。生徒が八名射殺され、守衛さんも殺された。地球の裂け目……。

六月十日（土）

久しぶりの東京。池ノ上のイタリア・レストランで、清美さんと昼食。夫の看病で痩せた。果てしないおしゃべり。ウクライナとロシアの戦争、日本国内の状況。「世界はどうなっちゃうのかしらね。政治はどこも劣化しているし」と彼女。北大時代の話に笑顔。セルビアは、今、どうなの、と彼女。コソボでのセルビア人迫害について話すと、「そんなの日本では全く報じられていない」と驚く。欧米が報じないことは、地球にたくさんある。真実とは不条理の球体。

最後に、美しい贈り物の数々。銀細工の箸置き、お香の伽羅《きやら》、大川裕弘《やすひろ》の写真の美しい谷崎潤一郎の『陰翳礼讃』。「カヨちゃんの本はね、私の宝物よ。これからも書いてね」と。私からは、ターラ山の薬草。包をひらいて「いい匂い」と、うっとりする。夕暮れの駅、階段を上って改札のところで振り向いて手を振り、見えなくなった。また会おうね。

六月十七日（土）

こだま号で京都へ。高校の先輩、直子さんと散策。路地で子供五人、ボール遊び。

法然寺の夕暮れ、墓標群の沈黙。高校時代の親友、容子ちゃんも加わり、居酒屋「ゐわい」へ。鮮魚、美酒、野草。器の涼やかさ。

六月二十日（火）
京都の「キッチンハリーナ」にて、H氏の書物を藤原辰史《ふじはらたつし》氏が語る集い。十八種類ものご馳走は、友子さんの手作り。様々な質問、深い話、人の輪の温もり。

六月二十八日（水）
東京都中央区役所にて、晴海《はるみ》西小学校・中学校の校歌作成について、作曲家の松下耕さんとともに打ち合わせ。教育委員会の方々とミニバスに乗り、ヘルメットを被り、建設中の学校の見学。黒々と海が波立つ。巨大なビルの森、猛暑。子供に会いたい。
夕刻、藤原安紀子《ふじわらあきこ》さんから、お父さんが京都の上賀茂《かみがも》で育てた野菜をいただく。トマト、キュウリ、ジャガイモ、インゲン豆。和風の野菜スープを作った。優雅に甘い。

七月五日（水）
中央区役所の教育委員の方と中央区の学校見学。小学校は、授業中に強盗が入ったという想定で、非常事態の訓練。音楽室の床に伏せ、息を殺す。休み時間の小学生の少女の無邪気な声に救われた。「こいばな」という言葉を教わる。恋の話のこと。ふふふ。中学校では、校長室で生徒たちと給食。しっかりした生徒さんたち。

十一月三日（金）

北大時代のことを書いていたら、静枝さんからEメールで卒業式の写真が届く。豊実氏の撮影。なんという霊感。清美さんは紺と朱の振袖、静枝さんは黒のドレス、上野君はグレーの背広に紺のネクタイ、私は水色のワンピース……。清美ちゃんにも電話してね、と返事。

十一月二十六日（日）

ベオグラードの映画祭で、タルコフスキーの「ノスタルジア」を観る。十八世紀のロシア人作曲家の足跡をたどる作家アンドレイ、世界の終焉を信じるイタリア人のドメニコ、屋根が抜けた聖堂、水が滴《したた》る廃屋、古びた保養地。ドメニコは演説のあとで焼身自殺。彼はアンドレイに伝言を残す。「蠟燭《ろうそく》を灯し、バーニョ・ビニョーニ温泉の広場を渡りきれたら世界は救われる」。アンドレイは蠟燭を灯し、三度目にやっと渡りきると、崩れるように倒れた。心臓発作。雪の夢の中へ、ロシアの村へ帰郷する……。ドメニコの黒板に書かれた「1＋1＝1」とは、人と人が一体となること、人と人の絆のことかしら。

十二月十七日（日）

東京から清美さんよりEメール。七月に夫の豊実氏が永眠。自分自身にも、胃癌が見つかり第四ステージで手術は不可能。一切、治療はしない、とある。会いたい……。

十二月二十日（水）

夕方、花屋「テレフローラ」で、清美さんのために花束の発送を依頼。赤やオレンジの花なら元気が出そう。ラブラドルの老犬が、大人しく寝そべっている。ロシア正教会に立ち寄り、蠟燭を灯す。

十二月二十三日（土）

清美さんからEメール。花束が無事に届く。よかった。先日、好きな映画について尋ねたら、答えにパラジャーノフの「ざくろの色」があった。ミラン・トゥツォビッチも大好きだった。

十二月二十八日（木）

聖ネクタリオスのイコンと数珠《じゅず》と絵葉書が、清美さんに無事に届いた。清美さんのEメールの言葉。「そうですよね、日常と次元が異なる魂の世界があるのですね。心が改まります。」

十二月三十日（土）

サバ川の岸辺でティヤナに会う。おしゃべり。「子供って、見えない人と話していることがあるでしょ。あれは、天使と話しているのですって」と言った。

二〇二四年　大きな白い器に

一月二十九日（月）

朝のサバ川に、野鴨が泳いでいた。パンを焼く。清美さんからEメール。「気力、体力、衰えてきています。その日の体調によっては、文字を読むのもメールに返事を書くのもくたびれます。でもこうして一人で生活できているのですからありがたいことです。とりあえず年を越すことはできました。次は桜を見ること、その次には夏に両親の様子を見に行くのが目標ですが……。難しいかもしれません。今が一番寒い時期ですが、近くの梅林公園で一本だけ紅梅を咲かせている木があります。ちょっぴり春の気配を感じます。」

二月一日（木）

風が強い日。キノテイカにて、パラジャーノフの「ざくろの色」と「火の馬」を観た。初々しい乳房、少年の瞳、巻貝、糸車、ザクロの実、黒衣の修道士、白衣の詩人。

二月六日（火）

清美さんにEメールを送る。

「お便り、言葉のひとつひとつを大切に読みました。ありがとう。こちらは厳しい寒さのあとに、急に暖かな日がやってきました。先日、観てきました!!!　パラジャーノフの「ざくろの色」と「火の馬」です。感動しました。彼の生誕百年なのですね。清美ちゃんに教わらなかったら見逃していたはずです。すべてを語りつくさず、途切れ途切れに語る手法に、心打たれました。色彩の詩人ですね。民族の歴史が織りなす布の重さ……」

四月二十六日（金）

ベルが鳴る。ドアを開けると、孫娘のウィルマが植木鉢を抱えている。「あのね、お花が病気になったの。お祖母ちゃんなら治せると思って」と。ペペロミアは、我が家に入院。土を替え、根を洗い、しばらくガラスの瓶で水栽培。植木鉢、大きすぎたね。子供だって、大きすぎる靴は履かないでしょ。

六月五日（水）

十九時、ベオグラードの昇天教会の前から、バスでギリシャへ向かう。深夜、マケドニアの国境を越え、三時ころギリシャに入る。

六月六日（木）

見知らぬ明るい風景。夾竹桃《きょうちくとう》のピンク、カプリフォリウムの高い香り、なだらかな丘……。ドライブインのギリシャコーヒーで、目が覚める。

六月七日（金）

アテネのピレー港から連絡船でエギナ島へ。ピスタチオの赤い花々。潮の香。夕暮れに聖ネクタリオス修道院に着く。聖人の不朽体の前で、深い祈りを捧げる人々、墓石に耳をつける人。聖ネクタリオスの部屋に、小さな寝台、蔵書の数々、草稿、机、ペン、鞄、スリッパが残されていた。権力から遠くに身を置き、エギナ島に女子修道院を築いて隠棲《いんせい》した。忍耐と慈愛。大柄な修道女が大きな器から聖パンを分けている。美味しい。日が暮れ、松林が香った……。

六月九日（日）

エギナの港で自由な時間、快い海風。土産物屋が並ぶ。ピスタチオのクリーム、ピスタチオのお酒……。ネベンカが、泳ぎましょうよ、と言う。ビーチまで歩き、木の下でネベンカは水着に着替え、泳ぎはじめる。水がきらめき、遠くを船がすべってく。水底で小石が揺らめいている。私はサンダルを脱ぐと、素足で水を歩いた。波がいい気持ち。長いおしゃべり。大きな手術、様々な困難を乗り越えて、太陽のような人……。船に乗り込み、ピレー港へ向かう。白く泡立つ波、潮風、カモメたち。帰り道は長い。

六月十四日（金）

白石かずこさんが逝去。永劫《えいごう》の大樹は、これから若葉をひらき、宇宙に枝を広げる。ウィルマのもとに、元気になった植物を届ける。窓辺に置いてね。控えめな笑顔。娘になっていく。

六月二十七日（木）

朝、ミニバスにてコソボ・メトヒヤへ。クルシュームリエ経由で境界線を越える。民族浄化が進み、セルビア人の村は次々に破壊され、高層アパートや新しいペントハウスが建つ。新しい英語の幼稚園や小学校。やがて農家が残る古い集落が現れる。セルビア人居住区、グラチャニツァ村だ。

グラチャニツァ文化センターの庭に、内戦で行方不明となった人の名と写真を掲げた塔があった。名も写真も色褪《あ》せている。センター長は詩人ジボイン・ラコーチェビッチ。ああ、私たち知り合いだった、三十年ぶり。喜びの再会。「紛争とはモザイクだ。様々なものから成り立っている。救いは創造力にある」。彼の言葉を胸に刻む。

夕暮れ。グラチャニツァ修道院まで徒歩十分、コソボ警察のアルバニア人の警官がずらりと並ぶ。私たちが何をするというのだろう。セルビアからの商品は薬も含め一切、販売禁止。NATO空爆後に調印されクマノボ協定（一九九九年）で保証されていたはずの、セルビア人自治は消滅。祭りに集まった人の数は、いつもより少ない。

修道院の庭で聖ビドス祭が始まり、文学賞の授賞式。小説、散文部門の受賞者の朗読。私は詩の部門の「コソボの娘の水差し賞」をいただき、朗読する。雨だ。大樹の下で雨宿り、ニーシュ交響楽団のコンサートを聴く。テロ事件は日常茶飯事。「昨年の祭典の日にね、土地の青年が射殺された。犯人は捕まらない」と詩人のヤーナが囁く。若い画家ニコラが言った。「描くこと、仕事、仕事、それしかない」と。八キロ離れた丘の上に住む。

六月二十八日（金）

朝のグラチャニツァ修道院を見つめる。十四世紀、ミルティン王による献堂。中世の壁画、前駆者イオアンの麗しさ。野外での聖体礼儀に、多くの信者が集まった。お婆さんが、大きな民族旗を振っている。正午、ミニバスにて帰路、二十時に帰宅。心を様々な想いが巡る。

七月十八日（金）
快晴。市場からの帰りに、ふと思った。長いことラドミラを見かけない。七月生まれだった。エレベーターを三階で降りると、彼女の部屋は、真新しい白いドアに変わっている。表札に彼女の名前がない。

七月二十一日（日）
バニャ・ルカのリュビツァの家で目を覚ます。五時起床。ベリスラブとマリア夫妻の車で、ヤセノバッツ修道院へ行く。リュビツァも一緒。八時に国境を越えて、修道院に着く。セラフィーマ女子修道院長が迎えてくださる。聖堂には、深いガラスの箱に無数の白骨が安置されている。成聖《せいせい》された骨は、強制収容所の犠牲者の不朽体だった。信者が祈りを捧げる。
食堂に、修道女マリアの描いた聖画の数々が架けてあった。聖体礼儀のあと、食堂で「愛の食卓」、コーヒーとお菓子をいただく。精神科医のティボルさんの案内で、強制収容所の「ウスタシャの病院」跡を見学。ユダヤ人の医師を収容した家畜小屋。別棟は、セルビア人などの医師を収容。屋根の崩れかけた廃屋だった。扉を開くと、地獄をぼんやり記憶するように、粗末な板が埃に埋もれ、壁に赤十字を記した救急箱が架けてある。タルコフスキーの「ノスタルジア」、ドメニコの家みたいだ。外の壁を葡萄の蔦が覆う。緑色の小さな実……。あっ、コウノトリの巣だ、とベリスラブ。ほんとうに。広がる夏の野原、帰りの車でみんな黙りがちだった。

八月十八日（日）
夏の夕陽が、ドナウを染めていく……。清美さんからEメール。緩和ケアに移った。

十月二十五日（金）
十日間を過ごした静岡、満九十歳の母の笑顔。郵便局から静枝さんと清美さんに絵葉書を送る。コーヒーカップとケーキの絵を描く。三人でお茶会よ。

十一月十日（日）
市ケ谷《いちがや》のアルカディアにて、「白石かずこを偲《しの》ぶ会」。夫の菱沼さんがかずこさんの詩を朗読、童話のような語りで、地球の裂け目を歌う。娘の由子さんのお話から、母かずこの宇宙が広がる。母は浮遊する。吉増剛造《よしますごうぞう》氏、水田宗子《のりこ》氏、高橋睦郎氏の言葉は愛に満ち……。

十一月十二日(火)

白い和封筒の速達、清美さんの長女から。八月二十四日に亡くなられた。静枝さんに電話で知らせる。恩師の城田俊先生にEメールで連絡。

十一月十五日(金)

今朝、ベオグラードから、長男夫妻、イスクラとウィルマが、アフリカのモーリシャスへ出発する日。長期滞在の予定。長女のエマは十八歳、三匹の猫とベオグラードの家に残る。

十一月十八日(月)

札幌。六時五十分起床。朝の北大前通り。凍《しば》れる空気、温かな人たち。ビルが林立する。北十四条西四丁目、下宿のアカシア荘は駐車場、隣の花屋も生地屋も消えた。十時、静枝さんと北大のキャンパスを歩く。農園、ポプラ並木……。カフェテリアでコーヒー。窓の向こうに一陣の風。枯れ葉が舞い、雪になった。「清美ちゃんがいないね」と私。「いつも三人だった」と静枝さん。手作りのアップルパイをいただく。「六月に清美さんに送ったのと同じ。彼女、喜んで食べてくれたの」と。

午後、札幌駅から快速エアポートで銭函《ぜにばこ》へ。水底から生まれ出るように、無数のカモメが灰色の空へ舞い上がる。雪が吹きつけ、駅の花壇で、野菊が凍《こご》えている。普通列車で小樽へ。廃線で記念写真を撮影する中国の観光客たち。普通列車にて札幌駅へ。独り。吹雪。

十一月十九日（火）

雪、雪、雪。テレビが谷川俊太郎さんの死去を報じる。ああ……。雪道を歩き、北大のカフェテリアで朝食。九時半、札幌駅へ。道が凍っていて滑りそう。列車が遅れ、十一時二十分発、函館北斗十五時十分着。十六時二十分はやぶさ号にて帰京。池ノ上に二十一時過ぎに着。

十一月二十三日（土）

正午、静岡東高等学校で旧い校舎を解体する前の見学。二千人も参加。中庭でブラスバンド部が校歌を演奏。谷川俊太郎作詞、林光作曲。「ひたむきに、おおらかに……」歌声が溶けあう。十期生の仲間も集まった。自転車置き場、黒板、机、椅子。

十一月二十九日（金）

朝、池ノ上から逗子《ずし》駅へ。清美さんの娘さんの案内で、葉山の長運寺に墓参。少し紅葉が始まっていた。階段を上ると裏山に森が続き、青空にトンビが輪を描き、彼方に太平洋が輝いている。樹木葬、黒の墓石に清美と豊実の名前が刻まれている。それから葉山の海へ出た。富士山と江の島が鮮やかに見える。砂浜、貝殻と石。老舗の料理屋で献杯、お話をする。映画、小説、海、家族……。

十一月三十日（土）

朝のコーヒー。地上に、清美さんがいない……。初めて、涙があふれた。

十二月三日（火）

夢を見た……。その家屋はコンクリートの一階建て、ゆったりとしている。深紅と黄色の蔦の葉で、覆われていた。もう、お申込みなさいましたか、と女声。この家に住んでいた年配の夫妻は遠くへ旅立ったが、手紙を残していた。「私たちがここを去ったあと、訪ねたいと思う人々をお招きして、四十日、家を開放する。皆さんに、寛いでいただきたいのです……」と。玄関から入ると、左手に大きな部屋があり、夫妻の家具はなく、長い木製の机が置かれ、画廊のようだ。大きな白い器に、黄緑と紫の葡萄が盛られている。隣の部屋には、椅子に座り、和やかに茶を飲む人々の声。籠には、色とりどりのガラス玉を入れた透明の小さな袋が入っていて、記念に持って帰ってよい。あなたも好きな色を選んでください、どうぞ、と女の人の声がして、私は眼を覚ました。

十二月五日（木）

浜松町のギャレリーYOKOTAにて、白石由子の「枝分かれの庭」展。オレンジ色のロープが、灰色の床と白い壁に描かれた青、黄色、水色、オレンジ色の楕円形や円形を結ぶ。階段を上ると、油彩が二枚。白地に様々な色の点、赤地に様々な色の点。ここから見下ろすと、点滅する宇宙が広がる。あらゆる生命が地上で流さねばならなかった血の色は、緩やかな記憶となって、淡く灰色の床に滲《にじ》んでいる。救い……。由子さんと果てしない話。「父には映画、母には詩、私には絵があるって、わかっていた。まだ小さいときから」とおっしゃった。

十二月七日（土）

晴海西小学校・中学校へ。落成式と校歌発表会に出席。作曲の松下耕さんと児童、生徒の歌声を聴くと、壇上で涙ぐんでしまう。私の書いた歌詞が檜《ひのき》に刻まれ、体育館に掲げられている。戦火の広がる地球で、この子たちが誰ひとり傷つかず、また人を傷つけず、学び舎《や》から巣立っていってほしいと、心の中で祈っていた。輝く海に見守られ……。

二〇二五年　猫町かしら

一月二十日（月）

「リオ、缶詰、缶詰」と言って、フォークを見せる。旅に出た三男の家で、十日間、猫の世話をしていた。リオは、カンヅメという日本語を覚えた。冷蔵庫に頭を摺《す》り寄せて、兎肉《うさぎにく》の缶詰を出すのを待つ。フォークで肉を皿に入れると、夢中で食べる。「リオ、しばらくお別れね」と言うと、耳をぴくぴくさせた。灰緑のロシア猫。部屋を出て、鍵をかける。またね。外は雪。

二月十日（月）

寒い朝。サバ川へ向かう。建物の陰から、黒猫が飛び出す。声をかけると、寄って来た。仔猫だ。太いしっぽ。ぴゅうっと走り去る。「電気みたいでしょ」と写真家のガブリロ。「これから彼女と診察に行く。そろそろ赤ちゃんのこと考えなくちゃ」と微笑む。

川岸につくと灰色の猫が駆けてくる。私の手をすりぬけて男のもとへ。餌をもらうのだ。毎日、通っているからね、と男は刻んだハムをとり出した。しばらく行くと、白黒の仔猫がいる。にゃおお。閉鎖中の水上レストランに降りて消えた。楡の陰からなまめかしい猫の声。とるもう、とるるるもう。

二月十八日（水）

夕暮れ時、マケドニア通りで、「カヨ先生」と若い男女が声をかける。卒業生のゾラナとマルコ。「先生の授業、楽しかったな。天気がいいと公園で文学の授業でしたね」と二人。別れ際にマルコが日本語で言った。「ちょっと待って、先生。名月や池をめぐりて夜もすがら……」と。美しい時を分かちあえて、よかった。

帰りのバスを待つ。冬の夜空から、ミランの言葉が聞こえた。「大切なのは「善」だと、よく言うだろう。だが大切なのは「美しさ」だ。それが僕らを救うのだから」。

謝辞

本書の文庫化に際して、多くの方々にお世話になった。ちくま文庫の河内卓編集長、解説を書いてくださった小林エリカさん、帯の言葉をお書きくださった宇垣美里さん、カバーデザインを担当してくださった五十嵐哲夫さんに心から感謝する。そして山崎ヴケリッチ・ネボイシャにありがとう。

二〇二五年二月二十六日　ベオグラードにて　著者

解説

小林エリカ

私はここにいて、見ている　それがめぐりあわせ

山崎佳代子さんがこの本『ベオグラード日誌』を書いていた二〇〇一年から二〇一二年までの間、この本の冒頭にも引かれているヴィスワヴァ・シンボルスカさんによる、詩集『終わりと始まり』を、私は繰り返し読み続けていた。シンボルスカさんが大好きだったというエラ・フィッツジェラルドの歌からはじまるこの本の解説を、シンボルスカさんの『終わりと始まり』の中に収められている「題はなくてもいい」の一文を引くことからはじめたい。

というのも、私はこのふたりの素晴らしい詩人たちの作品に、通底するものを見ているし、私の中ではその言葉や本が、離れがたく結びついているから。

そもそも、冒頭の詩を読み続けているのと同じ頃、私は山崎佳代子さんの作品に、はじめて出会ったのだった。『そこから青い闇がささやき』。私が手にしたそれは、表紙に青い水玉模様とふたりの顔が描かれた版のものだった。ブラディミル・ドゥニッチさんという画家の作品で、一九九九年春、空爆下のベオグラードで描いたという「避難所」と名づけられたデッサンをもとに、三度目の春に描かれたという母子像の絵だとあった。

二〇二五年のいま、私はその両方をまた読み返している。

〔二〇〇一年〕九月十一日（火）

さわやかな秋の日。日本文学口頭試験。

ニューヨークで世界貿易センターのビルがテロにより爆破。（中略）

私の瞳の中で、一九九九年、NATO空爆で炎上したベオグラードの旧共産党本部の建物が、その映像に重なる。規模こそ違うが、機能を追求した単純なデザインが、ひどく似ている。どちらも二〇世紀の時代精神が、産みおとした建物に違いはない。なんと不幸な時代。ビルから吹き出す黒煙はきっと毒ガスだろう。九九年春、郊外のパンチェボ工業団地が爆破され大量のアンモニアが空に流出、外を歩くと胸が痛くなった。恐怖が私の身体に蘇る。

『ベオグラード日誌』は、二〇〇一年からはじまる。

私はちょうどその頃、東京を放浪しつつ、日記と夢日記をつけていたから、その一日毎が、かつての私自身の日記や、私自身に起きた出来事が、重なるようにして、よみがえる。

山崎佳代子さんと私は、それぞれ別の場所で、同じ時間を生きていた。そうして、それぞれが、異なるものを見る。

私は確かに世界貿易センターのビルが黒煙をあげるのを見たが、そこからパンチェボ工業団地を思い出しはしなかった。

けれど時折、山崎佳代子さんの日誌の中に夢の記述が挟まれるたび、そこには国境もなく、遠くも近くも過去も未来もすっと繋がるような錯覚を覚え、ひょっとしたら私たちはすれ違っていたのかもしれないという、奇妙な感慨を覚える。

アフガニスタンが、イラクが、空爆されているただ中にも続く山崎佳代子さんのベオグラードの時間をなぞるうちに、それは山崎佳代子さん自身の過去の時間へも、記憶へも接続してゆく。

霧に眠るドナウの岸を歩きながら、暗い雨の支笏湖《しこつこ》でバスの運転手に自殺者ではと疑われた十九歳の秋が重なる。

カジェニツァ鍾乳洞の薄闇に、沖縄のひめゆりの塔を思う。

オウチャル・バーニャを訪ね、深い灰緑の濁流がモラバ川を流れてゆくのを見たときには、十五年前の冬の日、その同じ道を通ったことを思い出す。

そこで一九九四年の日誌が挟まれる。


内戦と国連経済制裁、国が閉ざされている。通訳の仕事で、セルビアの南へモラバ川に沿って車は走る。（中略）トルコの攻撃を恐れ、セルビアの村は道からはずれたところに発達した。貴族階級なども形成されなかった。オパンケという皮の紐を編んだ農民の靴が、この土地に生れた靴の伝統……。


さらにそこから、山崎佳代子さんの記憶は、須賀敦子さんが記したイタリア貴族の靴職人の記憶へと繋がってゆく。

ひとつの過去から、さらに別の場所の別の時間へ、光景を、記憶を、本を、詩を、言葉を通して、縦横無尽に繋がってゆく。

さらには、山崎佳代子さんが出会った人たちの語りが挟まれることで、強制的にその人の過去の時間へ、記憶へまで、接続される。

難民センターで故郷コソボの村の名前をあえて言わない子ども。

第二次世界大戦中、ダッハウ強制収容所に収容されたところでドイツ人の女工に匿《かくま》われ、けれど捕まって拷問されたときに名前を言ってしまわないよう、その女の人に名前を教えないでと頼み、最後まで互いにその名前を知らないままになった、ラドミラさん。

過去の時間と記憶が、どこまでも繋がり、掬《すく》いあげられ、編みあげられてゆくさまを、こうも目のあたりにすると、いまは、現実は、決して、その一瞬の時だけで存在しているわけではなく、途方もない時間と、記憶と、繋がっていることを、その現実の不思議に、私は感嘆せずにはいられない。

同時に日誌の中では、山崎佳代子さんの親しい人たちが、猫が、近くの、遠くの人たちが、病に倒れ、殺され、不意に、あるいは患った末、ひとり、またひとり、（あるいは、ひとつ、またひとつ）と死んでゆくことも、書き留められてゆく。

日誌を読むという行為は、もう、いま、ここにはない過去の時間を読むことでもあり、失われてしまったものたちのことを読むということでもあるのだと、私は静かに戦慄する。

あなたの五歳の息子、「思い出は眼に見えない」と言ったのだっけ。「違う、人は思い出すとき、見えないものが見えるようになる」、と言ったのよ。

かつて五歳だった友人の息子の言葉が置かれているページを何度もなぞる。山崎佳代子さんによれば、友人ナーダさんのその子は、ページの後ろの方に登場する自身の子とおなじく、いまや、成長し、結婚し、子どももあるという。

見えないものを見たくて、私は、私たちは、読み、書き、そして、読もうと、書こうと、するのかもしれないなぁ、と私は私のまだ幼い九歳の娘のことを、ぼんやり考える。

巻末に、「続・ベオグラード日誌」として、二〇一九年一月から二〇二五年二月までの日誌が加えられた。山崎佳代子さんのいまと、私の、私たちの、いまが、重なり、一冊の本になる。けれど、それが書かれた瞬間から、その時間もまた過去になってゆき、私は、私たちは、それを思い出そうとするのだろう、と私もまた、これを書く。最後にふたたびシンボルスカさんの詩を引いて、この解説をおしまいにしたい。この終わりが始まりになるように。

こんな光景を見ているとわたしはいつも
大事なことは大事でないことより大事だなどとは
信じられなくなる

（こばやし・えりか　作家・アーティスト）

引用文献：ヴィスワヴァ・シンボルスカ「題はなくてもいい」『終わりと始まり』沼野充義訳、未知谷、一九九七年

装画

Nebojša Yamasaki Vukelić, *Every Place will Become an End*

〔水彩と鉛筆、九六×七八センチメートル、二〇二二年〕

本書は二〇一四年三月に書肆山田より刊行されました。文庫化に際し、「続・ベオグラード日誌」と小林エリカ氏による解説を新たに収録しました。

北京の台所、東京の台所　ウー・ウェン

料理研究家になるまでの半生、文化大革命などの出来事、北京の人々の暮らしの知恵、日中の料理について描く。北京家庭料理レシピ付。（木村衣有子）

スバらしきバス　平田俊子

路線バス、コミュニティバス、高速バス……バスに乗る時間は、楽しく、心地よく、ちょっと寂しい。名バスエッセイが、増補文庫化！（大竹昭子）

ねにもつタイプ　岸本佐知子

何となく気になることにこだわる、ねにもつ。思索、奇想、妄想はばたく脳内ワールドをリズミカルな名短文でつづる。第23回講談社エッセイ賞受賞。

水辺にて　梨木香歩

川のにおい、風のそよぎ、木々や生き物の息づかい。カヤックで水辺に漕ぎ出すと見えてくる世界を、物語の予感いっぱいに語るエッセイ。（酒井秀夫）

一本の茎の上に　茨木のり子

「人間の顔は一本の茎の上に咲き出た一瞬の花である」表題作をはじめ、敬愛する山之口貘等について綴った香気漂うエッセイ集。（金裕鴻）

茨木のり子集 言の葉（全3冊）　茨木のり子

しなやかに凛と生きた詩人の歩みの跡を、詩とエッセイで編んだ自選作品集。単行本未収録の作品なども収め、魅力の全貌をコンパクトに纏める。

詩ってなんだろう　谷川俊太郎

谷川さんはどう考えているのだろう。その道筋にそって詩を集め、選び、配列し、詩とは何かを考えるおおもとを示しました。（華恵）

ロシア語だけの青春　黒田龍之助

東京の雑居ビルにあった「ミール・ロシア語研究所」で、一人の高校生が全身でロシア語学習に取り組み、人気語学教師になるまでの青春記。（貝澤哉）

ゴンベの森へ　星野道夫

タンザニア・ゴンベの森でチンパンジーの観察研究・保護に取り組むジェーン・グドールと過ごした旅の記録。カラー写真を多数増補した新版。（管啓次郎）

アフガニスタンの診療所から　中村哲

戦争、宗教対立、難民。アフガニスタン、パキスタンでハンセン病治療、農村医療に力を尽くす医師と支援団体の活動。（阿部謹也）

ちくま文庫

ベオグラード日誌《にっし》　増補版《ぞうほばん》

二〇二五年四月十日　第一刷発行

著　者　山崎佳代子（やまさき・かよこ）
発行者　増田健史
発行所　株式会社　筑摩書房
　東京都台東区蔵前二―五―三　〒一一一―八七五五
　電話番号　〇三―五六八七―二六〇一（代表）
装幀者　安野光雅
印刷所　三松堂印刷株式会社
製本所　三松堂印刷株式会社

ISBN978-4-480-44019-8 C0195